科学《かがく》探偵《たんてい》 謎野《なぞの》真実《しんじつ》シリーズ

科学探偵 VS.

不死身の黒魔術師

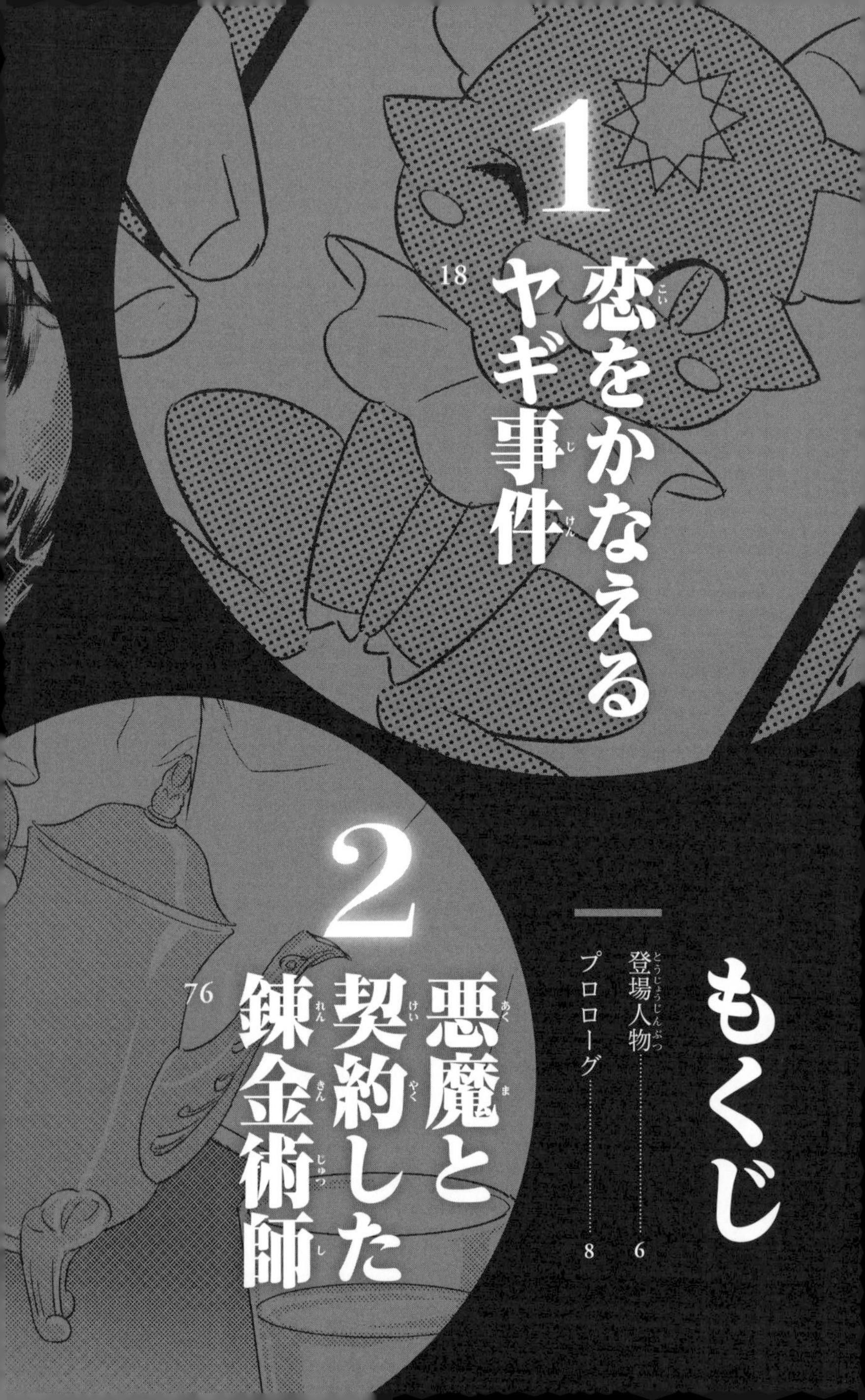

もくじ

この本《ほん》の楽《たの》しみ方《かた》

この本《ほん》のお話《はなし》は、事件編《じけんへん》と解決編《かいけつへん》に分《わ》かれています。登場人物《とうじょうじんぶつ》と一緒《いっしょ》にナゾ解《と》きをして、事件《じけん》の真相《しんそう》を見《み》つけてください。ヒントはすべて、文章《ぶんしょう》と絵《え》の中《なか》にあります。

登《とう》場《じょう》人《じん》物《ぶつ》

謎野《なぞの》真実《しんじつ》

エリート探偵育成学校《たんていいくせいがっこう》・ホームズ学園出身《がくえんしゅっしん》で、天才的《てんさいてき》な頭脳《ずのう》と幅広《はばひろ》い科学知識《かがくちしき》を持《も》つ。「科学《かがく》で解《と》けないナゾはない」が信条《しんじょう》。罠《わな》にはまった人《ひと》たちを救《すく》うため、カオスと対決《たいけつ》する。

宮下《みやした》健太《けんた》

成績《せいせき》もスポーツも中《ちゅう》ぐらいの〝ミスター平均点《へいきんてん》〟。超《ちょう》ビビリだが、不思議《ふしぎ》なことが大好《だいす》き。花森小学校《はなもりしょうがっこう》6年生《ねんせい》。困《こま》っている人《ひと》たちを助《たす》けようとして、事件《じけん》に巻《ま》き込《こ》まれる。

青井《あおい》美希《みき》

花森小学校《はなもりしょうがっこう》6年生《ねんせい》の新聞部部長《しんぶんぶぶちょう》で、ジャーナリスト志望《しぼう》。学校新聞《がっこうしんぶん》で「実録犯罪《じつろくはんざい》」の特集《とくしゅう》を組《く》み、カオスのことを知《し》る。

黒魔術師《くろまじゅつし》・カオス
本名《ほんみょう》・黒月香王巣《くろづきかおす》。
10年《ねん》ほど前《まえ》に事件《じけん》を起《お》こし
刑務所《けいむしょ》に入《はい》っていたが、脱獄《だつごく》。
再《ふたた》び人々《ひとびと》を恐怖《きょうふ》におとしいれる。

冴羽《さえば》ヒカリ
高校《こうこう》2年生《ねんせい》。
チアリーディング部《ぶ》の
トップポジションを
まかされている。
最近《さいきん》、身《み》の回《まわ》りで
奇妙《きみょう》なことばかりが
起《お》きている。

鬼竜《きりゅう》カズマ
高校《こうこう》3年生《ねんせい》。
アメリカン
フットボール部《ぶ》
に所属《しょぞく》。事故《じこ》に
あいそうになった
ヒカリを助《たす》ける。

杉田《すぎた》ハジメ
真実《しんじつ》や健太《けんた》の
クラスメート。
あだ名《な》は
「マジメスギ」。

長谷部智也《はせべともや》
浜田先生《はまだせんせい》の友人《ゆうじん》で、
売《う》れない俳優《はいゆう》。
夢《ゆめ》をあきらめる瀬戸際《せとぎわ》で、
ネットで募集《ぼしゅう》していた
「夢《ゆめ》をかなえられる10人《にん》」
に選《えら》ばれる。

三田千秋《みたちあき》
美希《みき》のクラスメート。
お母《かあ》さんが入院中《にゅういんちゅう》。
ある日《ひ》、「病気《びょうき》を治《なお》す
方法《ほうほう》がある」と
電話《でんわ》がかかってくる。

浜田先生《はまだせんせい》
6年生《ねんせい》の
学年主任《がくねんしゅにん》。
あだ名《な》は「ハマセン」。

大前先生《おおまえせんせい》
真実《しんじつ》や健太《けんた》の
クラスの担任《たんにん》。
理科《りか》クラブの顧問《こもん》。

「そっちへ逃《に》げたぞ！」

ある夜《よ》。刑務所《けいむしょ》の刑務官《けいむかん》たちがあわただしく走《はし》っていた。

ひとりの受刑者《じゅけいしゃ》が刑務所《けいむしょ》から脱走《だっそう》したのだ。

「まだ敷地内《しきちない》にいるはずだ」

「外《そと》へ逃《に》がすな！」

「あの男《おとこ》が外《そと》に出《で》たら、とんでもないことになってしまうぞ！」

刑務官《けいむかん》たちはあせる。逃《に》げた受刑者《じゅけいしゃ》の男《おとこ》は要注意人物《ようちゅういじんぶつ》だったのだ。

「いたぞ！」

施設《しせつ》の棟《とう》と棟《とう》のあいだにある細《ほそ》い路地《ろじ》の奥《おく》に、人影《ひとかげ》が見《み》えた。

「あそこは袋小路《ふくろこうじ》だ！」

刑務官《けいむかん》たちは路地《ろじ》へと駆《か》け込《こ》み、人影《ひとかげ》の前《まえ》に立《た》つ。

「もう逃《に》げられないぞ！」

刑務官《けいむかん》たちは、男《おとこ》を捕《と》らえようとした。

すると、声《こえ》がした。

「残念《ざんねん》だが、わたしを捕《つか》まえることはできないよ」

瞬間《しゅんかん》、人影《ひとかげ》が揺《ゆ》れ動《うご》いた。

バサバサバサバサッ

人影《ひとかげ》がバラバラになり、小《ちい》さなかたまりが刑務官《けいむかん》たちのほうへと飛《と》んでくる。
それは、無数《むすう》の蛾《が》だ。

「うわあああ！」

刑務官《けいむかん》たちは必死《ひっし》に蛾《が》を追《お》い払《はら》う。無数《むすう》の蛾《が》は、そんな刑務官《けいむかん》たちをよけながら、夜空《よぞら》へと飛《と》んでいった。

「なんだったんだ??」

刑務官《けいむかん》たちは、男《おとこ》の立《た》っていたほうを見《み》た。

だが、そこにもう姿《すがた》はない。

戸惑《とまど》う刑務官《けいむかん》たちに、男《おとこ》の声《こえ》が聞《き》こえた。

「わたしは今《いま》、蛾《が》になって飛《と》んでいったのだよ。これが『黒魔術《くろまじゅつ》』の力《ちから》だ」

「黒魔術《くろまじゅつ》……」

刑務官《けいむかん》たちは、月《つき》に向《む》かって飛《と》んでいく無数《むすう》の蛾《が》をぼうぜんとながめる。

「わたしは、不死身《ふじみ》の黒魔術師《くろまじゅつし》・カオス。破壊《はかい》と混乱《こんらん》。このわたしが世界《せかい》をもっと楽《たの》しくカオスにしてあげよう。フハハハハ!」

闇夜《やみよ》に、男《おとこ》の笑《わら》い声《ごえ》がいつまでも響《ひび》くのだった。

数日後《すうじつご》。

謎野真実《なぞのしんじつ》と宮下健太《みやしたけんた》は、学校《がっこう》へと向《む》かっていた。

「スマホがほしい？」

「うん、ネットの動画《どうが》を見《み》たり、調《しら》べものができたりするでしょ。だけど、お母《かあ》さんはスマホは中学生《ちゅうがくせい》になってからって言《い》うんだ」

「そうなんだね」

「小学生《しょうがくせい》でも持《も》ってる子《こ》、いっぱいいるのにね。美希《みき》ちゃんも持《も》ってるし。あ、だけど、真《しん》実《じっ》くんはスマホ持《も》ってないよね？」

「今《いま》はとくに必要《ひつよう》だとは思《おも》っていないからね」

「そうなんだ。スマホがあれば真実《しんじつ》くんと毎日《まいにち》おしゃべりができるのになぁ」

「毎日《まいにち》こうやって話《はな》しているじゃないか」

「え、あ、そっか」

そのとき、青井美希《あおいみき》がふたりのもとへ駆《か》け寄《よ》ってきた。

「真実《しんじつ》くん、健太《けんた》くん、ビッグニュース！」

「美希《みき》ちゃん、どうしたの？」

「お父《とう》さんから聞《き》いたんだけど、あのカオスが脱獄《だつごく》したらしいの！」

美希《みき》の父親《ちちおや》は新聞記者《しんぶんきしゃ》で、美希《みき》はいつもいろいろな話《はなし》を聞《き》いていた。

「カオスというのは、黒魔術師《くろまじゅつし》・カオスのことかい？」

「誰《だれ》それ？　真実《しんじつ》くん」

「図書館《としょかん》にあった古《ふる》い新聞《しんぶん》で読《よ》んだことがある。10年《ねん》ほど前《まえ》に世間《せけん》を騒《さわ》がせた犯罪者《はんざいしゃ》だよ。黒魔術《くろまじゅつ》を使《つか》えると言《い》ってさまざまな事件《じけん》を起《お》こしたらしい」

「黒魔術《くろまじゅつ》？　それって悪魔《あくま》と契約《けいやく》する闇《やみ》の魔術《まじゅつ》だよね？」

健太《けんた》がそう言《い》うと、美希《みき》が口《くち》をはさんだ。

「今回《こんかい》も刑務所《けいむしょ》から逃《に》げるとき、蛾《が》になって飛《と》んでいったらしいわ」

「蛾《が》に？　黒魔術《くろまじゅつ》を使《つか》ったってこと⁇」

美希《みき》は、そのときの状況《じょうきょう》をくわしく話《はな》した。

すると、真実《しんじつ》が「なるほど」とつぶやいた。

「人《ひと》の形《かたち》になっていた無数《むすう》の蛾《が》が、飛《と》んでいったってことだね」

「ええ、いっせいに飛《と》んでいったんだって」

「それはおそらく、紫外線《しがいせん》を使《つか》って蛾《が》を集《あつ》めたんだろう」

「紫外線《しがいせん》？」

「紫外線《しがいせん》は人《ひと》には見《み》えない光《ひかり》だよ。蛾《が》などの虫《むし》はそんな紫外線《しがいせん》に集《あつ》まる習性《しゅうせい》があると言《い》われているんだ。カオスはチューブなどで人形《ひとがた》を作《つく》り、その中《なか》に紫外線《しがいせん》を出《だ》す装置《そうち》を入《い》れた。そして、蛾《が》を放《はな》ち、紫外線《しがいせん》によって集《あつ》まった蛾《が》に人形《ひとがた》を作《つく》らせ、それを刑務官《けいむかん》たちに見《み》せたんだ」

「なるほど。けど、どうやって蛾《が》をいっせいに飛《と》ばせたの？」

「紫外線《しがいせん》を出《だ》す装置《そうち》をオフにすれば、蛾《が》たちはその場《ば》からいっせいに離《はな》れると思《おも》うよ」

結果《けっか》、まるで人間《にんげん》が蛾《が》になり、飛《と》んで

見《み》える光《ひかり》の範囲《はんい》

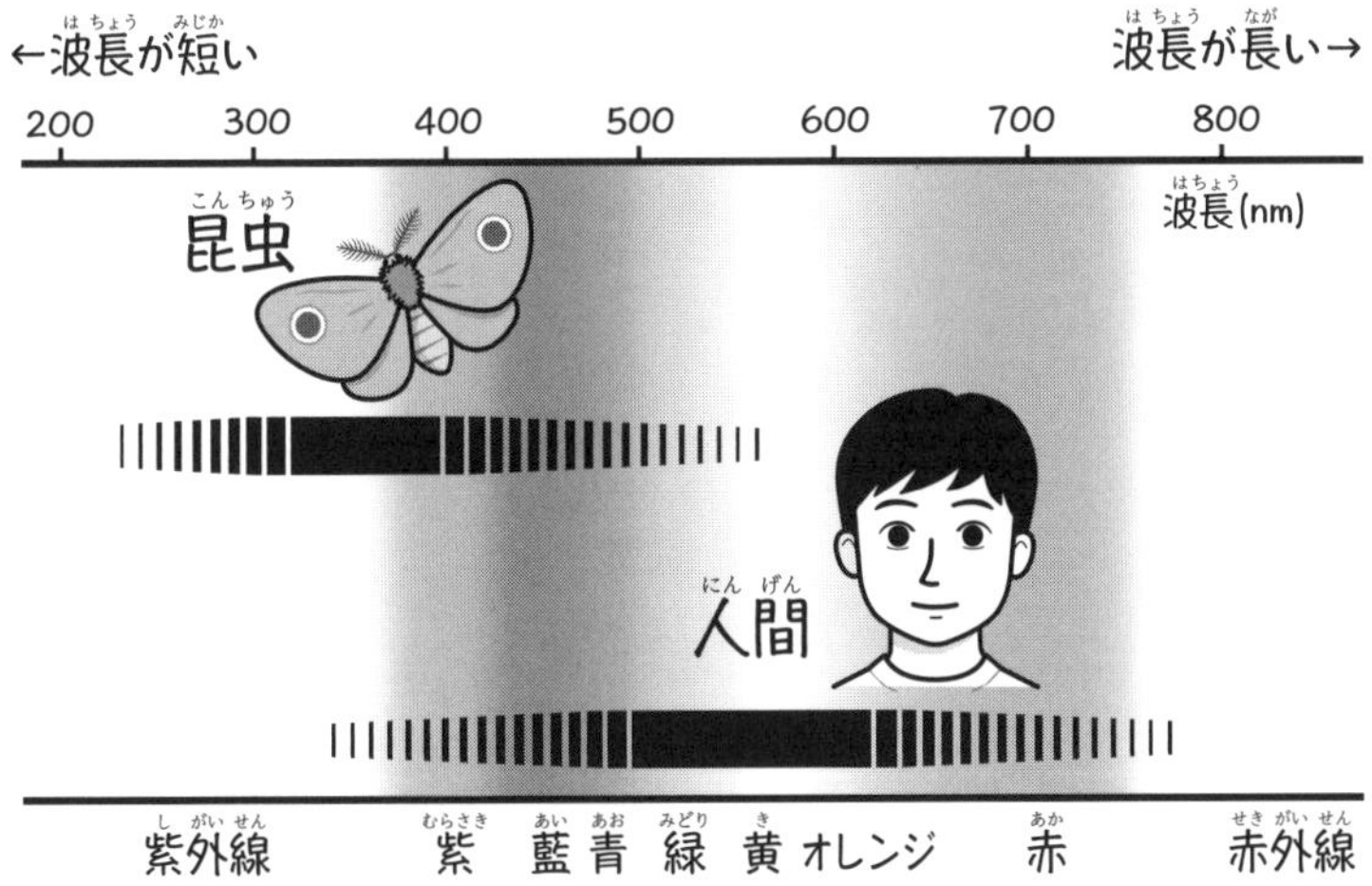
←波長《はちょう》が短《みじか》い
波長《はちょう》が長《なが》い→
200
300
400
500
600
700
800
波長《はちょう》(nm)
昆虫《こんちゅう》
人間《にんげん》
紫外線《しがいせん》
紫《むらさき》
藍《あい》
青《あお》
緑《みどり》
黄《き》
オレンジ
赤《あか》
赤外線《せきがいせん》

いったように見《み》えたのだ。

「そっか、トリックだったってわけかぁ」

「魔術《まじゅつ》なんて存在《そんざい》しない。科学《かがく》で説明《せつめい》できるはずだ」

真実《しんじつ》の言葉《ことば》に、健太《けんた》はうなずく。

「だけど、紫外線《しがいせん》を出《だ》す装置《そうち》とかチューブとか、そんなもの誰《だれ》が用意《ようい》したのかなぁ？」

美希《みき》はふと疑問《ぎもん》に思《おも》い、つぶやく。カオスは刑務所《けいむしょ》に入《はい》っていたのだ。

「さあ、それはわからないけど、カオスがこのままおとなしくしているとは思《おも》えないね」

かつて騒動《そうどう》を起《お》こした犯罪者《はんざいしゃ》が、世《よ》に放《はな》たれた。

健太《けんた》はそれを知《し》り、ゾッとするのだった。

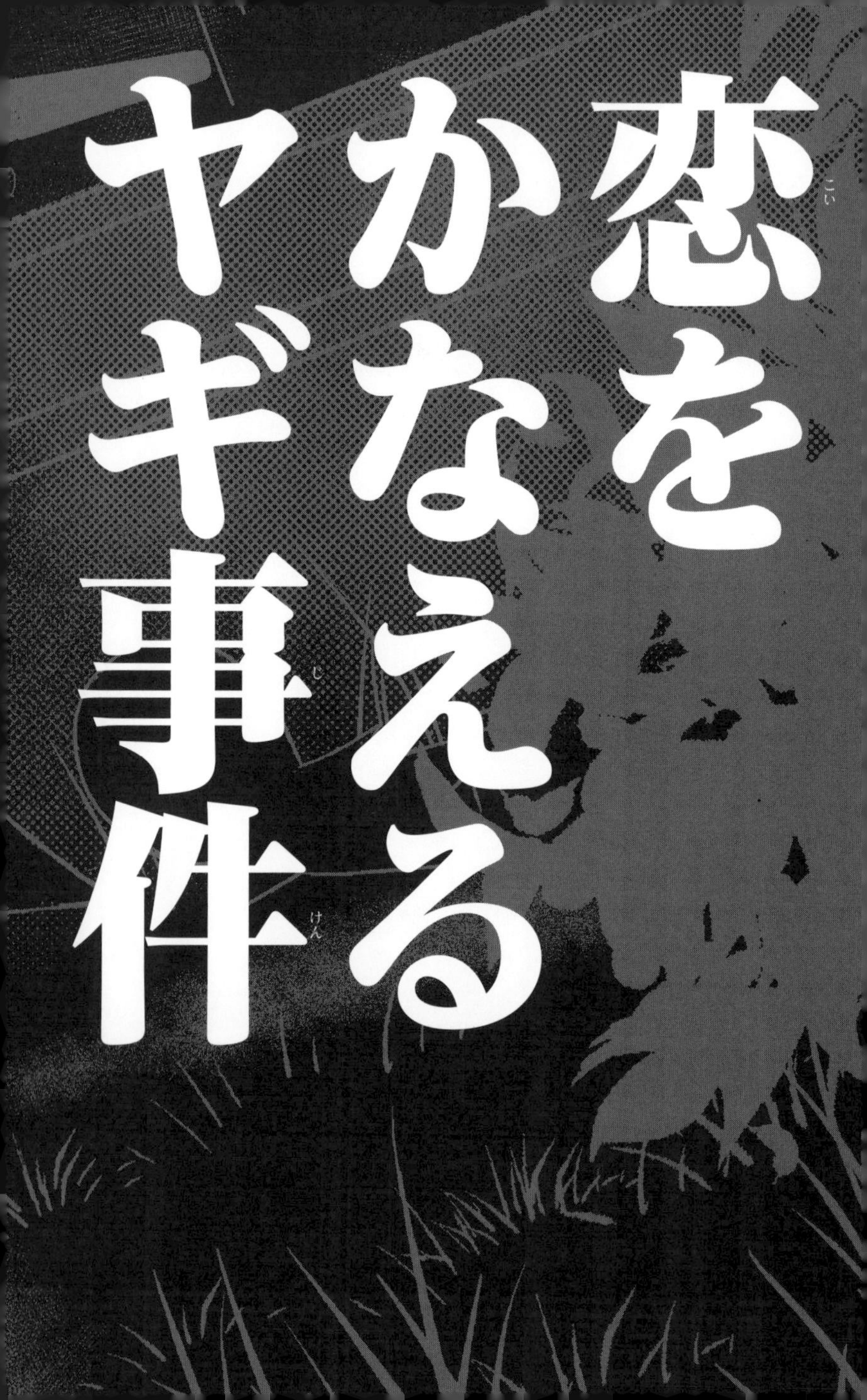

恋《こい》をかなえるヤギ事《じ》件《けん》

不死身《ふじみ》の黒魔術師《くろまじゅつし》 1

放課後《ほうかご》、健太《けんた》、美希《みき》、真実《しんじつ》の3人《にん》は町《まち》の図書館《としょかん》に向《む》かっていた。

美希《みき》は学校新聞《がっこうしんぶん》の記事《きじ》を書《か》くための調《しら》べものがあり、真実《しんじつ》は洋書《ようしょ》コーナーの海外《かいがい》ミステリーが目当《めあ》て。そんなふたりに健太《けんた》もついていくのだ。

「美希《みき》ちゃん、今度始《こんどはじ》まる学校新聞《がっこうしんぶん》の新《しん》コーナーってなんなの？」

「健太《けんた》くん、まだ誰《だれ》にも内緒《ないしょ》だよ……ズバリ、実録犯罪《じつろくはんざい》!!」

「ジツロク犯罪《はんざい》？　なんか怖《こわ》そうだね……」

「実際《じっさい》に起《お》こった犯罪《はんざい》の中《なか》でも、まだ謎《なぞ》を完全《かんぜん》に解明《かいめい》できていない事件《じけん》を扱《あつか》おうと思《おも》うんだ。探究心《たんきゅうしん》がくすぐられる新企画《しんきかく》でしょ!?」

「新《しん》コーナー、とても興味深《きょうみぶか》いね」

学校新聞《がっこうしんぶん》にはめったなことで関心《かんしん》を寄《よ》せない真実《しんじつ》が口《くち》を開《ひら》いた。

「やった、真実《しんじつ》くんも興味《きょうみ》持《も》つなんて、大《だい》ヒット企画間違《きかくまちが》いなし！　単行本《たんこうぼん》の出版先《しゅっぱんさき》、探《さが》しておいたほうがいいよね。いや、ネットで公開《こうかい》して、先《さき》に話題《わだい》を作《つく》ったほうがいいかな……」

「……おや、あの人《ひと》、少《すこ》しようすが変《へん》だよ」

前方《ぜんぽう》に目《め》を留《と》めて、真実《しんじつ》が言《い》った。

10メートルほど先《さき》に、制服姿《せいふくすがた》の女子高校生《じょしこうこうせい》が歩《ある》いている。足元《あしもと》がおぼつかず、フラフラと車道側《しゃどうがわ》に吸《す》い寄《よ》せられるように歩《ある》いていく。

ブォロロローンッ

けたたましいエンジン音《おん》が健太《けんた》たちの背後《はいご》から聞《き》こえる。大型《おおがた》トラックが猛《もう》スピードで健太《けんた》たちを追《お》い抜《ぬ》き、女子高校生《じょしこうこうせい》の真横《まよこ》を通《とお》り過《す》ぎようとしたとき、彼女《かのじょ》の体《からだ》がゆらりと車道《しゃどう》に向《む》かって傾《かたむ》く。

「あぶないっ!!!」

健太《けんた》と美希《みき》がとっさに声《こえ》をあげた。

ダッ、ダダダッ

足音《あしおと》が響《ひび》き、健太《けんた》たちの背後《はいご》から人影《ひとかげ》が追《お》い抜《ぬ》いた。健太《けんた》たちのうしろを歩《ある》いていた男子《だんし》高校生《こうこうせい》だ。彼《かれ》はダッシュして女子高校生《じょしこうこうせい》に駆《か》け寄《よ》ると、腕《うで》でガシッとその体《からだ》を抱《だ》き寄《よ》せて歩《ほ》

道側《どうがわ》に引《ひ》き戻《もど》す。

トラックが猛《もう》スピードで通《とお》り過《す》ぎ、女子高校生《じょしこうこうせい》は肩《かた》を抱《だ》かれたまま力《ちから》が抜《ぬ》け、崩《くず》れるようにその場《ば》に座《すわ》り込《こ》んだ。


「大丈夫《だいじょうぶ》ですかっ⁉」


健太《けんた》たちは、あわてて駆《か》け寄《よ》った。

「ヒカリさん、しっかりするんだ！」

男子高校生《だんしこうこうせい》の必死《ひっし》の呼《よ》びかけに、女子高校生《じょしこうこうせい》はうつろな表情《ひょうじょう》で、わずかに目《め》を開《ひら》く。

「……え、鬼竜先輩《きりゅうせんぱい》？　わたし、どうしたんだろう……」

「体調《たいちょう》が悪《わる》いなら、とりあえず近《ちか》くに総合病院《そうごうびょういん》があるんで行《い》きましょう！」

美希《みき》が機転《きてん》をきかせて、近《ちか》くの病院《びょういん》へと女子高校生《じょしこうこうせい》を案内《あんない》することにした。

「ぼくたちも荷物《にもつ》を持《も》ちます！　早《はや》く向《む》かいましょう」

健太《けんた》もそう言《い》い、真実《しんじつ》とついていくことにした。

●

病室《びょうしつ》のベッドで点滴《てんてき》を受《う》けて眠《ねむ》っていた冴羽《さえば》ヒカリが目《め》を覚《さ》ました。

病室《びょうしつ》の隅《すみ》には、倒《たお》れたときに持《も》っていた大《おお》きなピンク色《いろ》のドラムバッグ。ヒカリはチアリーディング部《ぶ》に所属《しょぞく》する高校《こうこう》2年生《ねんせい》で、バッグには衣装《いしょう》や用具《ようぐ》がたくさん入《はい》っていた。

「……ありがとう、きみたちが病院《びょういん》に案内《あんない》してくれたんだってね、助《たす》かったよ」

ヒカリはそう言《い》って、つきそっている健太《けんた》たちに力《ちから》なくほほえんだ。

最近《さいきん》、夜《よる》も眠《ねむ》れない日《ひ》が続《つづ》き、疲労《ひろう》がたまっていたのだという。

「まわりで変《へん》なことや悪《わる》いことばっかり起《お》きて……。わたし、呪《のろ》われているのかも」


「……え、呪《のろ》われている!?」


不穏《ふおん》な言葉《ことば》に、健太《けんた》は思《おも》わず声《こえ》をあげた。

「身《み》の回《まわ》りのものが次々《つぎつぎ》なくなったり、真夜中《まよなか》に、誰《だれ》の着信《ちゃくしん》もないのに勝手《かって》にスマホの電源《でんげん》が入《はい》って光《ひか》ったり……。そんなことが何度《なんど》も起《お》きてね」

学校《がっこう》の課外授業《かがいじゅぎょう》で行《い》ったキャンプでも、ヒカリだけ、全身《ぜんしん》を虫《むし》に刺《さ》されてものすごく腫《は》れあがり、翌日《よくじつ》のだいじな撮影《さつえい》に参加《さんか》できなかった。チアリーディング部《ぶ》のトップをつとめるヒカリは、チアの専門誌《せんもんし》の表紙《ひょうし》に抜擢《ばってき》されていたのだ。

「本当《ほんとう》に最近《さいきん》ツイてなくて……きっと誰《だれ》かの呪《のろ》いだと思《おも》う」

「ヒカリさん、誰《だれ》かに恨《うら》まれたりしなさそうなのに」

美希《みき》は率直《そっちょく》に言《い》った。

「チアはすごい競争社会《きょうそうしゃかい》だから、2年生《ねんせい》でトップのポジションをまかせられてることをよく思《おも》われてないんだ。誰《だれ》かの足《あし》をひっぱるために呪《のろ》いをかける人《ひと》もいるって聞《き》いたこともある」

そのとき。

「**よかった！　目覚《めざ》めたんだね**」

病室《びょうしつ》に戻《もど》ってきたのは、ヒカリを助《たす》けた高校《こうこう》3年生《ねんせい》の鬼竜《きりゅう》カズマだ。アメリカンフットボール部《ぶ》で体格《たいかく》がいい。

カズマは首《くび》に巻《ま》いていた黒《くろ》いマフラーを外《はず》しながら、ヒカリに話《はな》しかける。

「さっきは驚《おどろ》いたよ。倒《たお》れそうな女《おんな》の子《こ》がいると思《おも》って駆《か》け寄《よ》ったら、ヒカリさんだったから」

ヒカリが所属《しょぞく》するチアリーディング部《ぶ》はアメフト部《ぶ》の応援《おうえん》もするので、カズマとも顔見知《かおみし》りだった。

「ヒカリさん、疲《つか》れてたんだよ。2年生《ねんせい》なのにチアのトップをまかされて、たいへんだよね」

「……はい、ずっと気《き》を張《は》っていて疲《つか》れていたのかもしれません。タフなだけが取《と》りえだったんですけど」

「そうかな？　強《つよ》そうに見《み》えるけど、実《じっ》は繊細《せんさい》で、やさしい人《ひと》なんじゃないかな。いつも遅《おそ》くまで残《のこ》って、できない1年生《ねんせい》の練習《れんしゅう》を見《み》てあげてるよね」

「……自分《じぶん》ではわからないけど。でも、小《ち》さいころは目立《めだ》ったり、競争《きょうそう》が苦手《にがて》なタイプだったんで、もともとそういうとこがあるかもしれませんね。……不思議《ふしぎ》です。鬼竜先輩《きりゅうせんぱい》にはなんでもわかってしまうんですね」

ヒカリは照《て》れくさそうに、右手《みぎて》で左腕《ひだりうで》をさすりながら話《はな》した。

「ほら、おいしいものでも食《た》べて元気《げんき》出《だ》して」

カズマは買《か》ってきたばかりのスイーツの差《さ》し入《い》れを渡《わた》す。

箱《はこ》を手《て》にしたヒカリは、店名《てんめい》を見《み》てハッとし、あわてて封《ふう》を切《き》る。

「先輩《せんぱい》も、このお店《みせ》のプリン知《し》ってるんですか？　わたし、大好《だいす》きなんです！」

カズマは右手《みぎて》で左腕《ひだりうで》をさすりながら答《こた》える。

「まわりからは意外《いがい》と言《い》われるけど、俺《おれ》スイーツ好《ず》きでさ。あそこの店《みせ》、シュークリームもウマいよね。濃厚《のうこう》な卵《たまご》を使《つか》ってるから、カスタードクリームが最高《さいこう》だよね」

「わかります！　シュークリームもヤバいですよね！」

「あ、もっと話《はな》してたいけど、俺《おれ》ちょっと用事《ようじ》あるから帰《かえ》るわ。じゃあまた！」

カズマは、足早《あしばや》に病室《びょうしつ》を立《た》ち去《さ》ってしまった。

ヒカリは名残惜《なごりお》しそうにカズマを見送《みおく》った。

「……やさしくて、頼《たの》もしい人《ひと》ですねぇ」

美希《みき》の言葉《ことば》に、ヒカリもほほえんでうなずく。

健太《けんた》たちは病室《びょうしつ》を出《で》た。エレベーターがなかなか来《こ》ないので、階段《かいだん》を下《お》りて帰《かえ》ることにした。

「カズマさんがいるなら、ヒカリさんも安心《あんしん》だわ」

美希《みき》は、ヒカリとカズマがカップルになる将来《しょうらい》を思《おも》い浮《う》かべて、ニヤニヤしていた。

そのとき、健太《けんた》は踊《おど》り場《ば》に誰《だれ》かがいることに気《き》がついた。

「……あれ、カズマさんじゃない？」

帰《かえ》ったはずのカズマが、スマホを見《み》ながらブツブツつぶやいていた。

「……次《つぎ》、俺《おれ》はどうすればいいですか？　教《おし》えてください」

カズマはスマホに夢中《むちゅう》で、こちらに気《き》づいていない。

カズマのスマホ画面《がめん》がチラリと真実《しんじつ》の目《め》に入《はい》る。画面《がめん》には、ヤギのキャラクターのアイコンがあった。

「あ、カズマさん、わたしたちも帰《かえ》りますね」

美希《みき》が声《こえ》をかけると、カズマはハッと振《ふ》り返《かえ》る。

「あ、あぁ、ありがとね」

カズマはあわてたようすで、そそくさと立《た》ち去《さ》った。

カズマを見送《みおく》る真実《しんじつ》の微妙《びみょう》な表情《ひょうじょう》に、健太《けんた》は気《き》づく。

「真実《しんじつ》くん、どうかした？」

「いや、さっきのカズマさんのヒカリさんへの接《せっ》し方《かた》が少《すこ》し気《き》になってね」

美希《みき》が首《くび》をかしげる。

「え？　すっごくやさしくて、ヒカリさんとピッタリ気《き》が合《あ》う感《かん》じだったよ」

「美希《みき》さん、確《たし》かにそうだったけど、ぼくには彼《かれ》のさまざまな行動《こうどう》の裏《うら》に、心理学《しんりがく》のテクニックがあるように見《み》えたんだ」

「心理学《しんりがく》??」

「ああ、健太《けんた》くん。ぼくがそれに気《き》づいたのはヒカリさんが自分《じぶん》の腕《うで》をさすりながら話《はな》す動《どう》作《さ》を、カズマさんがすぐにまねしていたときさ。しかもカズマさんは、ヒカリさんが好《す》きな店《みせ》のスイーツを買《か》ってきていた。相手《あいて》の動作《どうさ》や、好《す》きなものをまねて、距離《きょり》を縮《ちぢ》めるのは『ミラーリング』という心理学《しんりがく》のテクニックなんだ。カズマさんが見舞《みま》い途中《とちゅう》に急《きゅう》に帰《かえ》ったのも、『ツァイガルニク効果《こうか》』を利用《りよう》したのではないかと思《おも》ったんだ」

「……え、津軽《つがる》のニンニク効果《こうか》なの??」

健太《けんた》の言葉《ことば》に、美希《みき》はあきれて言《い》う。

「健康食品《けんこうしょくひん》のCM《シーエム》じゃないんだからさぁ……。健太《けんた》くんはほっといて、さ、真実《しんじつ》くん、説明《せつめい》を続《つづ》けて」

真実《しんじつ》はうなずいて、言葉《ことば》を続《つづ》けた。

「ツァイガルニク効果《こうか》とは、完結《かんけつ》したことよりも、途中《とちゅう》で終《お》わったことのほうに感情移入《かんじょういにゅう》してしまう性質《せいしつ》のことさ。それを利用《りよう》して、あえて相手《あいて》に『話《はな》し足《た》りない』という感情《かんじょう》を持《も》たせて、また話《はな》したいと思《おも》わせたのかもしれない」

真実《しんじつ》は、カズマのほめ方《かた》にも特徴《とくちょう》があったという。

「『ジョハリの窓《まど》』といって、人《ひと》の内面《ないめん》には四《よっ》つの区分《くぶん》があるとする心理学《しんりがく》の理論《りろん》があるんだ。四《よっ》つの区分《くぶん》の中《なか》でも、その人自身《ひとじしん》も知《し》らなかった個性《こせい》をほめてあげると、相手《あいて》は喜《よろこ》びやすいと言《い》われている。カズマさんのほめ方《かた》はそれだった」

「へぇ〜、短《みじか》い時間《じかん》に、そんなにいろんなテクニックが詰《つ》まってたんだ!!」

「うん、健太《けんた》くん。カズマさんのそれらのテクニックが無意識《むいしき》なのか、それとも……」

「偶然《ぐうぜん》もあるんじゃないかなぁ。カズマさんの生《う》まれつき持《も》っている、モテ技術《ぎじゅつ》かもよ」

「確《たし》かに、美希《みき》さんが言《い》うことも否定《ひてい》できないね」

真実《しんじつ》はそう言《い》って、黙《だま》り込《こ》んで考《かんが》え始《はじ》めた。

●

病院《びょういん》を出《で》た健太《けんた》たちは、あらためて図書館《としょかん》に向《む》かう。

ジョハリの窓《まど》
人《ひと》の特徴《とくちょう》や性格《せいかく》には、次《つぎ》の四《よっ》つの区分《くぶん》があるという考《かんが》え方《かた》。
【開放《かいほう》の窓《まど》】自分《じぶん》も他人《たにん》も知《し》っている部分《ぶぶん》
【秘密《ひみつ》の窓《まど》】自分《じぶん》は知《し》っているが、他人《たにん》は知《し》らない部分《ぶぶん》
【盲点《もうてん》の窓《まど》】自分《じぶん》は知《し》らないが、他人《たにん》は知《し》っている部分《ぶぶん》
【未知《みち》の窓《まど》】自分《じぶん》も他人《たにん》も知《し》らない部分《ぶぶん》

公園《こうえん》を横切《よこぎ》ると、木《き》に隠《かく》れながら公園内《こうえんない》の通《とお》りをうかがう挙動不審《きょどうふしん》な人影《ひとかげ》が見《み》えた。

「こんなとこで何《なに》してんの、杉田《すぎた》くん」

「ひ、ひっやぁぁああ〜」

健太《けんた》の声《こえ》に、木陰《こかげ》にいたマジメスギこと杉田《すぎた》ハジメは悲鳴《ひめい》をあげて、ドシンと公園《こうえん》の植《う》え込《こ》みにしりもちをついた。

「大丈夫《だいじょうぶ》かい!?」

健太《けんた》はあわてて泥《どろ》だらけになったマジメスギの手《て》を引《ひ》いて立《た》たせた。美希《みき》がたずねる。

「こんなとこで何《なに》してたの？」

「……あ、や、なんでもありませんっ」

マジメスギはそう言《い》って、また木《き》に隠《かく》れようとする。その視線《しせん》の先《さき》には、近《ちか》くの塾《じゅく》へと急《いそ》ぐひとりの少女《しょうじょ》の姿《すがた》。

それに気《き》づいた美希《みき》が、途端《とたん》に顔《かお》をしかめる。

「わかった、ストーカーしてたんでしょ!?」

「ち、違《ちが》いますって!!　塾《じゅく》に行《い》く途中《とちゅう》に、同《おな》じ塾《じゅく》のカナデさんを見《み》つけてあわてて木《き》に隠《かく》れてしまっただけです」

「……なんで隠《かく》れなきゃいけないの??」

健太《けんた》の言葉《ことば》に、マジメスギは正直《しょうじき》に語《かた》る。

「口《くち》のかたいキミたちになら話《はな》してもよいでしょう。じ、実《じつ》はワタシ……新《あら》たな恋《こい》をしてしまったのです」

マジメスギは、ほおをポッと赤《あか》らめる。

「あれ、杉田《すぎた》くんって、レイアちゃんに片想《かたおも》い中《ちゅう》じゃなかったっけ？」

「青井《あおい》さん、そんなこともありましたね……。あれはもう過去《かこ》の美《うつく》しい思《おも》い出《で》です。今《いま》ワタシは新《あたら》しい恋《こい》に夢中《むちゅう》なのです！」

マジメスギは、塾《じゅく》が一緒《いっしょ》の隣町《となりまち》の美調《びちょう》カナデに恋《こい》をした。

ある日《ひ》、駅《えき》に設置《せっち》されたストリートピアノでカナデが華麗《かれい》にピアノを弾《ひ》くのを見《み》かけて、塾《じゅく》ではあまり目立《めだ》たない彼女《かのじょ》の華麗《かれい》な演奏《えんそう》に釘《くぎ》づけになった。

マジメスギが「ブラボーです!!」と拍手《はくしゅ》を送《おく》ると、カナデがハイタッチしてきた。

「手《て》と手《て》が合《あ》わさった瞬間《しゅんかん》、雷《かみなり》に打《う》たれたようにワタシの体《からだ》の中《なか》を電流《でんりゅう》がかけめぐりました」

マジメスギは、はぁ～、と大《おお》きなため息《いき》をつく。

「彼女《かのじょ》を思《おも》うと、毎日《まいにち》、ごはんものどを通《とお》りません」

「確《たし》か……レイアちゃんのときもハイタッチして恋《こい》に落《お》ちていなかったっけ？」

健太《けんた》が疑問《ぎもん》を口《くち》にすると、美希《みき》もあきれ顔《がお》で肩《かた》をすくめてみせた。

「単純《たんじゅん》すぎでしょ……みんな、怖《こわ》くてマジメスギくんと気軽《きがる》にハイタッチできないよ。くれぐれも付《つ》きまとっちゃダメだよ。わたし、資料《しりょう》を借《か》りに図書館《としょかん》行《い》くから、じゃあね〜」

「ぼくも海外《かいがい》ミステリーの原書《げんしょ》を借《か》りたいんだ。閉館時間《へいかんじかん》が迫《せま》っているので失礼《しつれい》するよ」

そう言《い》って美希《みき》と真実《しんじつ》は図書館《としょかん》に向《む》かった。

「……みんな薄情《はくじょう》だなぁ。相談《そうだん》に乗《の》ってあげたらいいのに」

健太《けんた》だけは、マジメスギの話《はなし》を聞《き》いてあげることにした。

マジメスギは、まだカナデとまともにしゃべったことがないという。

「それはかなりハードルが高《たか》そうだね」

「でも健太《けんた》くん、ワタシには心強《こころづよ》い味方《みかた》がいるのです!!」

マジメスギはスマホを取《と》り出《だ》す。

「今《いま》、話題《わだい》になっているアプリを使《つか》おうと思《おも》っているのです！」

「へぇ、どんなアプリ？」

「恋《こい》をおまじないでかなえてくれるらしいです。ゲーム感覚《かんかく》でやれて、無料《むりょう》だそうですよ」

健太《けんた》はスマホを操《あやつ》るマジメスギを見《み》ていて、うらやましくなる。

「いいなぁスマホ……。ぼくも欲《ほ》しいのに買《か》ってもらえないいんだよなぁ」

マジメスギは、恋《こい》をかなえるというアプリ「恋魔界《こいまかい》」をダウンロードして起動《きどう》してみる。

健太《けんた》も、一緒《いっしょ》にスマホの画面《がめん》をのぞく。

アプリ画面《がめん》に2頭身《とうしん》のヤギのキャラ「バフォくん」が現《あらわ》れ、話《はな》しかけてくる。

「恋魔界《こいまかい》へようこそ！

ボクが恋《こい》の道先案内人《みちさきあんないにん》・バフォだよ」

マジメスギは自分《じぶん》の名前《なまえ》、生年月日《せいねんがっぴ》、住所《じゅうしょ》、電話番号《でんわばんごう》などを入力《にゅうりょく》した。

「恋《こい》をかなえるには、ボクの言《い》うことをちゃんと実行《じっこう》してね。

これは契約《けいやく》だよ。同意《どうい》するならサインをしてね」

マジメスギは、スマホの画面《がめん》を指《ゆび》でなぞって自分《じぶん》の名前《なまえ》をサインした。

「次《つぎ》に、キミがかなえたい恋《こい》の相手《あいて》のことを教《おし》えてよ」

マジメスギは、片想《かたおも》いの相手《あいて》の名前《なまえ》や、学校《がっこう》、住《す》んでいる場所《ばしょ》など、知《し》っている限《かぎ》りの情《じょう》報《ほう》を入力《にゅうりょく》した。

「その恋《こい》をおまじないでかなえよう！
まず初《はじ》めにこれを用意《ようい》してね」
アプリには人形《ひとがた》の紙《かみ》が映《うつ》し出《だ》される。
「なるべく薄《うす》い紙《かみ》、ティッシュペーパーなんかがいいね。
それを人形《ひとがた》に切《き》って10個《こ》作《つく》ろう。
ひとつひとつに好《す》きな人《ひと》への想《おも》いを込《こ》めて名前《なまえ》を書《か》くんだ」

「……ワタシ、すぐさま実践《じっせん》したいのですが、道具《どうぐ》がないのでおうちに帰《かえ》ります！」

マジメスギは話《はなし》を聞《き》いてくれた健太《けんた》に礼《れい》を言《い》い、そそくさと帰《かえ》っていった。

健太《けんた》は、半信半疑《はんしんはんぎ》で首《くび》をひねる。

「……えぇ、あんなの、ほんとに効《き》くのかなぁ」

●

数日後《すうじつご》、学校《がっこう》の休《やす》み時間《じかん》。健太《けんた》は、教室《きょうしつ》で美希《みき》と真実《しんじつ》と話《はな》していた。

「そういえば杉田《すぎた》くんの恋《こい》、どうなったんだろ……。ふたりも相談《そうだん》に乗《の》ってあげたらよかったのに」

「ほっときゃいいよ。どうせ恋《こい》に恋《こい》してるだけでしょ？　恋《こい》のおまじないのアプリにすがろうとしてたらしいけど、おまじないで遊《あそ》んでるくらいでちょうどいいって」

「……もう、美希《みき》ちゃんは、ほんとドライだなぁ」

そのとき、マジメスギが教室《きょうしつ》に入《はい》ってきて、健太《けんた》を見《み》つけて話《はな》し始《はじ》めた。

「健太《けんた》くん!!　あのアプリ、すごいですよ。アプリの言《い》うとおりにおまじないをして、お告《つ》げどおりに行動《こうどう》したら、なんとあの子《こ》と街《まち》で偶然会《ぐうぜんあ》ったんです。しかも、向《む》こうから話《はな》しかけてきてくれてお話《はなし》できましたよ！」

「……え、あの、あやしいアプリ、本当《ほんとう》に効果《こうか》あったの!?」

「さっき健太《けんた》くんが話《はな》してた、あやしいおまじないアプリ!?　そんなの、単《たん》なる偶然《ぐうぜん》でしょ」

美希《みき》はぜんぜん信《しん》じていない。

「ふたりとも失礼《しつれい》です。あのアプリはあやしくなんてありません！」

マジメスギは自分《じぶん》が信《しん》じているアプリをけなされて、怒《おこ》って去《さ》っていった。

真実《しんじつ》は去《さ》っていくマジメスギを黙《だま》って見《み》つめていた。

●

数日後《すうじつご》、マジメスギから、また健太《けんた》たちに報告《ほうこく》があった。

「なんとワタシ、カナデさんと友達数人《ともだちすうにん》で映画《えいが》を見《み》にいくことになりました！」

「……こないだまで、まともに話《はな》したこともなかったのに、とんとん拍子《ひょうし》で仲良《なかよ》くなってる。やっぱりあのアプリ、効果《こうか》あるんだね！」

健太《けんた》は感心《かんしん》している。

アプリを信用《しんよう》していなかった美希《みき》も、さすがに驚《おどろ》いている。

「まさか、グループデートするまでに進展《しんてん》しているなんて……すごすぎる」

ひとり冷静《れいせい》に話《はなし》を聞《き》いていた真実《しんじつ》は、マジメスギに告《つ》げる。

「杉田《すぎた》くん、そのアプリのおまじないというものをちょっと見《み》せてもらえないかな」

放課後《ほうかご》、真実《しんじつ》たちは、公園《こうえん》でマジメスギに恋《こい》をかなえるおまじないを見《み》せてもらうことになった。

マジメスギは、木《き》の枝《えだ》で地面《じめん》にザザッと円《えん》を描《か》いて、その真《ま》ん中《なか》に座《すわ》った。

ティッシュペーパーを切《き》って作《つく》った10枚《まい》くらいの人形《ひとがた》の紙《かみ》を、自分《じぶん》のまわりに並《なら》べて目《め》をつぶる。

マジメスギはおもむろに両手《りょうて》をあげ、呪文《じゅもん》をとなえはじめた。

「エロイムエッサイム、エロイムエッサイム。美調《びちょう》カナデさんともっと仲良《なかよ》くなりたいです。お告《つ》げをください」


呪文《じゅもん》を聞《き》いた真実《しんじつ》はハッとして、表情《ひょうじょう》が変《か》わる。

ピロリロリリーンと、アプリに通知《つうち》があった。

「杉田《すぎた》くん、スマホの画面《がめん》を見《み》せてくれるかい」

真実《しんじつ》は、マジメスギにスマホを見《み》せてもらう。画面《がめん》にはヤギのキャラクターのアイコン。

「恋《こい》のお告《つ》げと、おまじないを伝《つた》えるね。

今《いま》、彼女《かのじょ》はピアノが思《おも》うように弾《ひ》けなくて落《お》ち込《こ》んでいるよ。

16時《じ》に公園《こうえん》に来《く》るから、励《はげ》ましてあげよう。楽譜《がくふ》どおりの演奏《えんそう》じゃなくて、
枠《わく》をはみ出《だ》すくらい情熱的《じょうねつてき》な演奏《えんそう》こそが
きみのピアノの持《も》ち味《あじ》だとほめてあげると、きっと彼女《かのじょ》は喜《よろこ》ぶよ。

恋《こい》をかなえるラッキーアイテムは、商店街《しょうてんがい》のマルマス屋《や》の苺大福《いちごだいふく》だよ。

手土産《てみやげ》に渡《わた》すと、きみの好感度《こうかんど》が爆上《ばくあ》がりするよ！」

健太《けんた》も、細《こま》かく指示《しじ》が書《か》かれた画面《がめん》を見《み》て驚《おどろ》く。

「こんな具体的《ぐたいてき》なアドバイスくれるんだ」

真実《しんじつ》は画面《がめん》をじっくり見《み》ていてたが、顔《かお》をあげてマジメスギを見《み》た。

「……ただちに、このアプリをやめたほうがいい。非常《ひじょう》に危険《きけん》だ」

真実《しんじつ》の言葉《ことば》にマジメスギは戸惑《とまど》うが、いつになく真剣《しんけん》な真実《しんじつ》のまなざしに言《い》い返《かえ》せない。

真実《しんじつ》は健太《けんた》と美希《みき》にたずねる。

「このアプリ、はやっているのかい？」

「ぼくはスマホを持《も》ってないけど……どうなんだろ？」

健太《けんた》たちが公園《こうえん》を見渡《みわた》す。ベンチや噴水《ふんすい》に腰《こし》かけている数人《すうにん》の若者《わかもの》たちのスマホをのぞいてみると、ほとんどの若者《わかもの》がそのアプリに夢中《むちゅう》になっていた。

「……美希《みき》さん、アプリのダウンロードサイトをすぐに調《しら》べてくれないか」

美希《みき》はタブレットでアプリのダウンロードサイトを開《ひら》く。

「すごい口コミ件数《けんすう》!!　リリースされて間《ま》もないのにグングン利用者《りようしゃ》を伸《の》ばしてる。えっと、アプリ制作者《せいさくしゃ》の名前《なまえ》はクロヅキとあるね……。どっかで聞《き》いたことあるような」

●

夜《よる》、帰宅《きたく》したマジメスギは部屋《へや》にひとりでいた。窓《まど》の外《そと》は暗《くら》い。不安《ふあん》な表情《ひょうじょう》で、部屋《へや》の中《なか》を歩《ある》きまわっている。

「アプリが危険《きけん》というけど、あれがなきゃ、ワタシはカナデさんとまともに話《はな》す勇気《ゆうき》もありません……」

「杉田《すぎた》くん、どうしたの?」

机《つくえ》に置《お》いていたスマホからいきなり声《こえ》がした。

マジメスギはびっくりして、恐《おそ》るおそる画面《がめん》をのぞき込《こ》む。バフォがニコニコして語《かた》りかけてくる。

「……え、アプリを起動《きどう》していないのに」

「なぜ、おまじないを実行《じっこう》しないの？

　のんびりしてたらライバルに負《ま》けちゃうよ」

チーンと音《おと》が鳴《な》り、マジメスギのスマホに画像《がぞう》が届《とど》く。

カナデとさわやかな少年《しょうねん》が、仲良《なかよ》さそうに語《かた》り合《あ》っている写真《しゃしん》だ。

カナデの隣《となり》に写《うつ》っている少年《しょうねん》を、マジメスギは知《し》っていた。さわやかでみんなにやさしい同《おな》じ塾《じゅく》の少年《しょうねん》だ。

写真《しゃしん》を見《み》たマジメスギは胸《むね》がドキドキして、息《いき》をするのも苦《くる》しくなる。

　「彼女《かのじょ》の気持《きも》ちは彼《かれ》のほうに行《い》きかけているみたいだよ」

「……そんな、せっかくカナデさんと、仲良《なかよ》くなってきたのに」

　「ピュアな杉田《すぎた》くんの恋《こい》をじゃますするなんて、ひどいよね。

早《はや》めに対策《たいさく》しよう。さあ、人形《ひとがた》の紙《かみ》に彼《かれ》への呪《のろ》いを込《こ》めよう。

　どんな目《め》にあわせたい？」

嫉妬《しっと》にかられていたマジメスギだが、ふと疑問《ぎもん》に思《おも》う。

「……ど、どんな目《め》にあわせたいって⁇」

「事故《じこ》、火事《かじ》、病気《びょうき》、どんなのが望《のぞ》みかな？　杉田《すぎた》くんの気《き》が晴《は》れるよう、お気《き》に召《め》すままだよ」

「そんな……ワタシはそこまでは……」

「カナデさんのこと、ほんとに好《す》きなの？　くやしくないの？　さぁ、じゃま者《もの》は消《け》すんだよ」

「……そ、そんな」

「きみさ、契約《けいやく》したよね？　ボクの言《い》うことをちゃんと実行《じっこう》するって」

急《きゅう》におどすように、バフォの声色《こわいろ》が低《ひく》くなった。

マジメスギは怖《こわ》くなり、あわててアプリのデータを削除《さくじょ》した。

そして、おまじないに使《つか》う人形《ひとがた》の紙《かみ》を窓《まど》の外《そと》の庭《にわ》に投《な》げ捨《す》て、ベッドの中《なか》に潜《もぐ》り込《こ》んだ。

しばらくすると、ピロリロリリーンと、スマホにアプリの通知《つうち》。

「……そんな、さっき、削除《さくじょ》したはずなのに」

ふとんの中《なか》でマジメスギは震《ふる》えている。机《つくえ》の上《うえ》でスマホ画面《がめん》が点灯《てんとう》し、バフォが一方的《いっぽうてき》に話《はな》しはじめる。

「一度《いちど》契約《けいやく》したら、ボクからは逃《に》げられないよ。

きれいごとはやめるんだ。

恋《こい》をかなえるために、じゃま者《もの》を消《け》して彼女《かのじょ》を独占《どくせん》するんだよ。

もっと人間《にんげん》らしいドロドロした気持《きも》ちを出《だ》しちゃいなよ」

マジメスギはかぶっていたふとんから飛《と》び出《で》て、叫《さけ》ぶ。

「イヤだ、ワタシはそんなことはしない!!　もうヤギの言《い》いなりになんかならない」

「……わかってないね。

きみが契約《けいやく》したのはヤギじゃないんだよ。

これを見《み》るんだ」

コン、コンッ

美鋼カナデ

突然《とつぜん》、窓《まど》をノックする音《おと》。

マジメスギはギョッとして、窓《まど》を見《み》る。

部屋《へや》は一戸建《いっこだ》ての1階《かい》。カーテンは開《あ》いていて外《そと》が見《み》えるが、暗《くら》くて見通《みとお》せない。

マジメスギは、おそるおそる窓《まど》を開《あ》け、暗《くら》い庭先《にわさき》を見渡《みわた》す。

庭《にわ》には木《き》が生《は》えている。地面《じめん》に捨《す》てた人形《ひとがた》の紙《かみ》がいくつも落《お》ちている。

誰《だれ》もいない、とホッとしてマジメスギが振《ふ》り返《かえ》ろうとした、そのときだった。

人形《ひとがた》の紙《かみ》が、ゆっくりといっせいに起《お》きあがる。

「ヒッ、ヒッーー！ 勝手《かって》に立《た》ったっ!!」

マジメスギは驚《おどろ》いてしりもちをつく。

人形《ひとがた》の紙《かみ》は、風《かぜ》もないのに、まるで生《い》きているかのように、ゆらゆらと体《からだ》を揺《ゆ》らして不気《ぶき》味《み》に踊《おど》りだす。

「これが黒魔術《くろまじゅつ》のパワーだ。おまえが契約《けいやく》したのは、悪魔《あくま》なんだよ!!」

「うぎゃああああああ！」

マジメスギの叫《さけ》び声《ごえ》が、響《ひび》き渡《わた》った。

翌日《よくじつ》、真実《しんじつ》、美希《みき》、健太《けんた》の3人《にん》はマジメスギの家《いえ》の庭《にわ》にいた。マジメスギからのSOS《エスオーエス》で現場検証《げんばけんしょう》にきたのだ。

マジメスギは、まだ怖《こわ》がっていて庭《にわ》の隅《すみ》に立《た》っていた。

健太《けんた》もこわごわと庭《にわ》を見回《みまわ》している。

「……アプリのおまじないも効果《こうか》があったし、紙《かみ》の人形《にんぎょう》が踊《おど》りだしたのも、本物《ほんもの》の黒魔術《くろまじゅつ》なのかな？」

真実《しんじつ》たちは庭《にわ》を調《しら》べることにした。

健太《けんた》が地面《じめん》に何《なに》かを見《み》つけて駆《か》け寄《よ》る。

「おまじないに使《つか》ってた人形《ひとがた》の紙《かみ》だ。これが踊《おど》りだしたのか……。実際《じっさい》、触《さわ》ってみると、風《かぜ》で飛《と》びそうなほど薄《うす》い紙《かみ》だね」

「うん。薄《うす》く、軽《かる》くなければならない理由《りゆう》があるかもしれないね」

真実《しんじつ》が人形《ひとがた》の紙《かみ》を手《て》に取《と》ってよく見《み》ると、足《あし》の部分《ぶぶん》にテープが貼《は》ってある。

「ねぇ、これはなんだろ？」

黒《くろ》いパイプを発見《はっけん》した美希《みき》が声《こえ》をあげた。

「水道管《すいどうかん》やガス管《かん》などにも使《つか》われる塩化《えんか》ビニールのパイプだね。黒色《くろいろ》で塗装《とそう》してあるね」

真実《しんじつ》は、裏門近《うらもんちか》くの木《き》に、帯状《おびじょう》の黒《くろ》いものが引《ひ》っかかっているのを見《み》つけた。

「ウールのマフラーだね」

「……なんで、こんなところにマフラーが??」

健太《けんた》は不思議《ふしぎ》そうにつぶやいた。マジメスギの家《いえ》のものではなかった。

美希《みき》は、木《き》の枝《えだ》をつまんで、ポツリと言《い》う。

「誰《だれ》かがあわてて、この木《き》のあいだを通《とお》るときに、引《ひ》っかけて落《お》としていったんじゃない？」

真実《しんじつ》は眼鏡《めがね》に手《て》をやり、クイッと押《お》しあげた。

「科学《かがく》で解《と》けないナゾはない。謎《なぞ》は解《と》けたよ。黒魔術《くろまじゅつ》なんかじゃない。パイプが黒色《くろいろ》なのは夜《よる》に見《み》えにくいようにするためだ。何者《なにもの》かが侵入《しんにゅう》してトリックを実行《じっこう》していたんだ。パイプ

美調カナデ

とマフラーを使《つか》えば、ある現象《げんしょう》を利用《りよう》して人形《にんぎょう》が踊《おど》りだすようにできる」

「ある現象《げんしょう》を利用《りよう》したトリック⁇」

健太《けんた》は、真実《しんじつ》の言葉《ことば》に驚《おどろ》いた。

塩化《えんか》ビニールとウール（毛《け》）。このふたつの材質《ざいしつ》のものをこすりあわせると……。

解決編
かい けつ へん

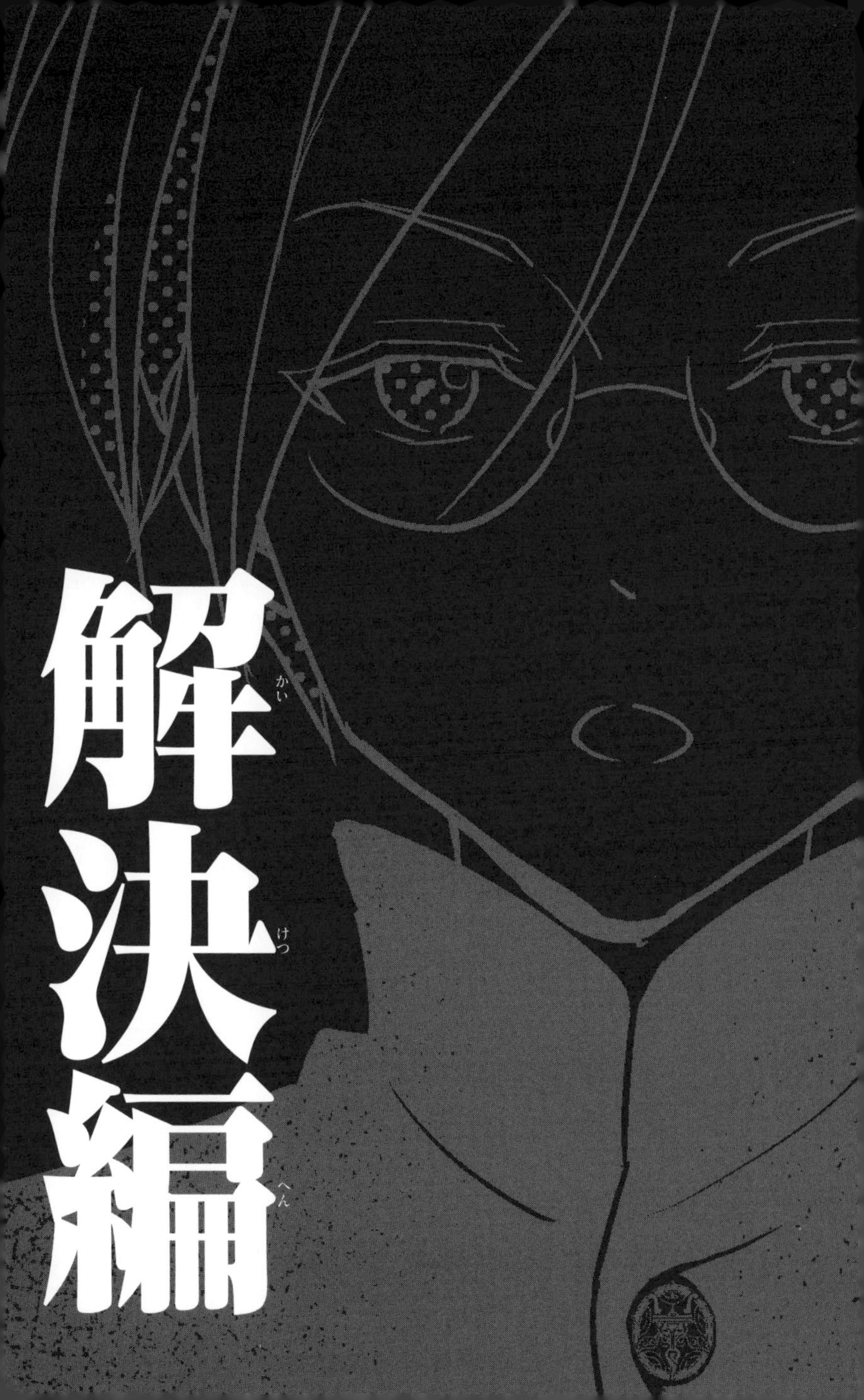

「ある現象《げんしょう》とは、これさ」

真実《しんじつ》は塩化《えんか》ビニールのパイプをマフラーでこすり、パイプを健太《けんた》の頭《あたま》に近《ちか》づけると、髪《かみ》の毛《け》がフワッと逆立《さかだ》った。

「そうか静電気《せいでんき》か！　それでパイプを近《ちか》づけると、薄《うす》くて軽《かる》い紙《かみ》が立《た》ちあがって、ひとりでに人形《にんぎょう》が踊《おど》ったように見《み》えたんだ！」

「うん、健太《けんた》くん。誰《だれ》かが、目立《めだ》たないよう黒《くろ》い服《ふく》を着《き》て庭《にわ》に侵入《しんにゅう》して、人形《ひとがた》の紙《かみ》をテープで庭《にわ》の石《いし》などに貼《は》り付《つ》けて、パイプをマフラーでこすり、静電気《せいでんき》を発生《はっせい》させてあやつっていたんだろうね」

「ワタシはこんなことで驚《おどろ》いていたのですね。お恥《は》ずかしい……」

マジメスギがガックリ肩《かた》を落《お》とした。

健太《けんた》は不思議《ふしぎ》そうな顔《かお》をする。

「でも、なんでアプリの制作者《せいさくしゃ》はマジメスギくんにこんな手《て》の込《こ》んだことをやったのかな？」

「アプリのことを知《し》るためにも、ある人《ひと》のところへ急《いそ》ごう」

人形《ひとがた》の紙《かみ》が踊《おど》るトリック

1 人形《ひとがた》の紙《かみ》を石《いし》などに
テープで貼《は》り付《つ》ける

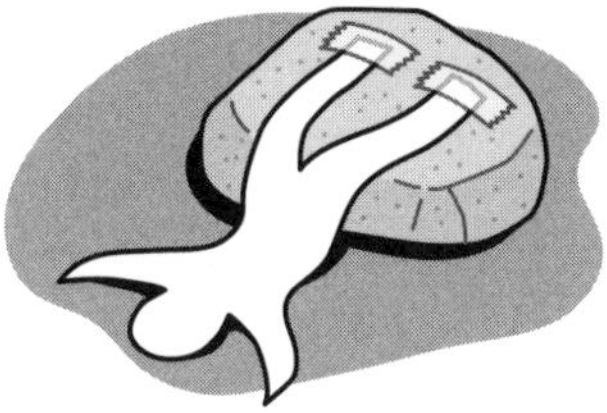

2 毛糸《けいと》のマフラーで
パイプをこする

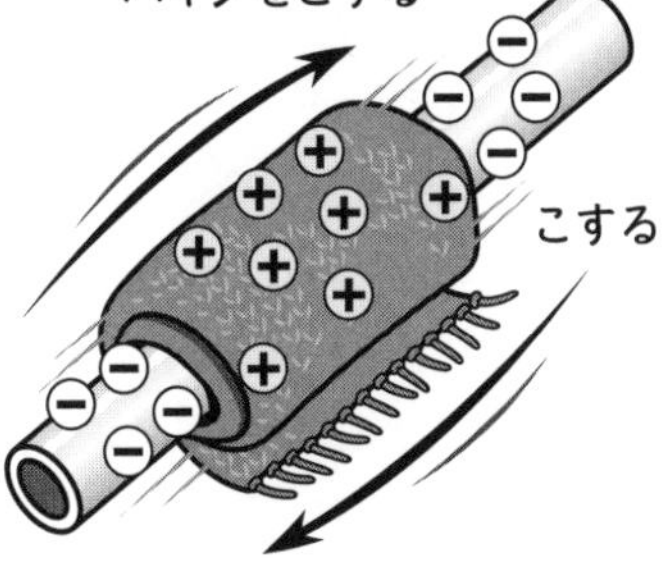

静電気《せいでんき》が発生《はっせい》

3 静電気《せいでんき》で人形《ひとがた》の紙《かみ》が
引《ひ》きつけられて、
踊《おど》るように
動《うご》く

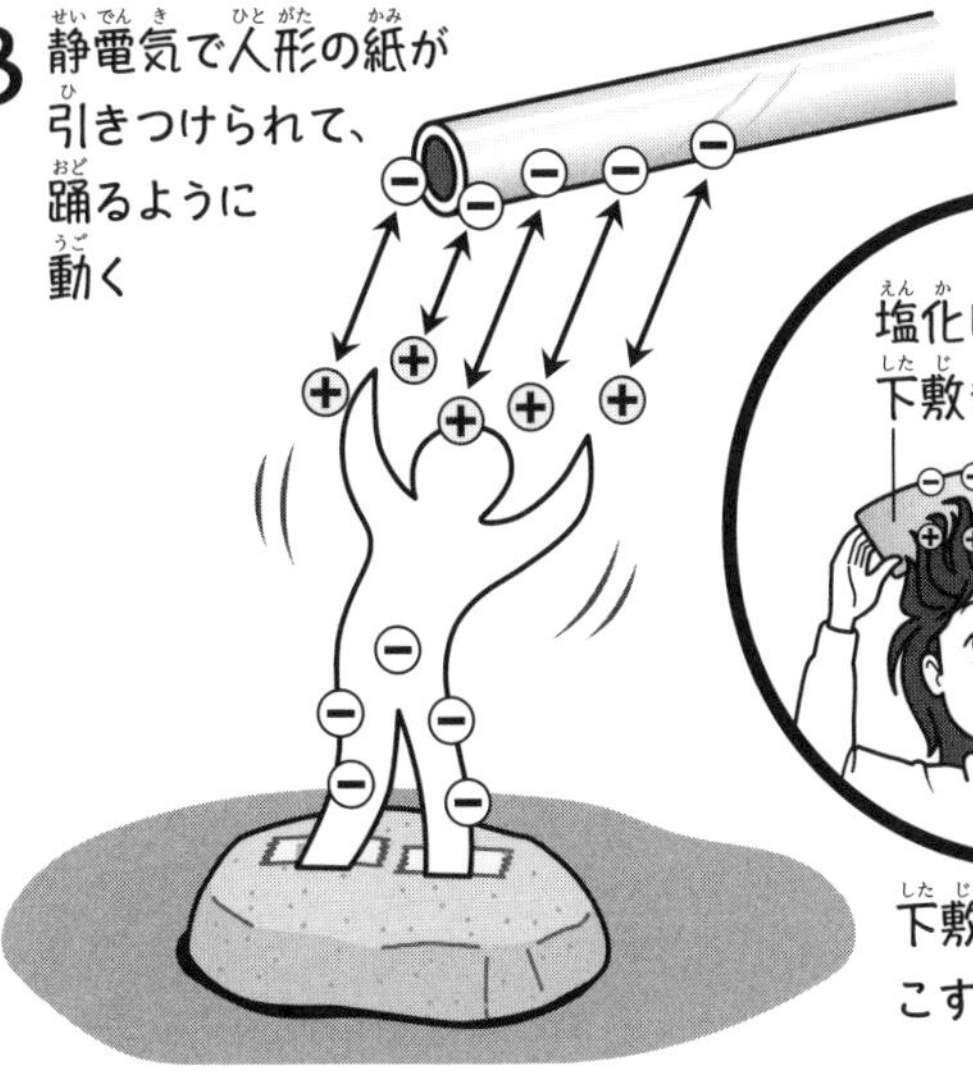

下敷《したじ》きで髪《かみ》の毛《け》を
こすったときと同《おな》じ！

真実《しんじつ》は厳《きび》しい顔《かお》で健太《けんた》たちに告《つ》げた。

●

「落《お》ち着《つ》け、落《お》ち着《つ》くんだ俺《おれ》……。今日《きょう》もバフォ様《さま》の言《い》うとおり、ヒカリさんに接《せっ》すればすべてうまくいく」

カズマが緊張《きんちょう》した表情《ひょうじょう》で、自分《じぶん》に言《い》い聞《き》かせるようにブツブツつぶやきながら、住宅街《じゅうたくがい》の道《みち》を歩《ある》いている。

「カズマさん、お話《はなし》があります」

真実《しんじつ》が声《こえ》をかけると、カズマはビクッとして、うしろを振《ふ》り向《む》く。

「……あぁ、病院《びょういん》に案内《あんない》してくれたきみたちか。悪《わる》いけど、今《いま》からヒカリさんと約束《やくそく》があるから時間《じかん》がないんだ」

健太《けんた》と美希《みき》は、だいじな約束《やくそく》をじゃましていいのかドキドキしていた。

「カズマさん、スマホに恋《こい》をかなえるアプリが入《はい》っていますね」

「……いや。そんなの知《し》らないけど」

カズマは、あからさまに表情《ひょうじょう》をひきつらせ、スマホをポケットに入《い》れた。

「正直《しょうじき》に話《はな》してください。あなたがしていることは非常《ひじょう》に危険《きけん》な行為《こうい》ですよ」

真実《しんじつ》は、しっかりとカズマの目《め》を見《み》すえて語《かた》りかける。

「ヒカリさんは身《み》の回《まわ》りで持《も》ち物《もの》がなくなったり、スマホが深夜《しんや》に勝手《かって》に動《うご》き出《だ》したり、キャンプで自分《じぶん》だけ虫《むし》に刺《さ》されたりして精神的《せいしんてき》に落《お》ち込《こ》み、呪《のろ》われているかもしれないと語《かた》るほどに弱《よわ》っていた。カズマさんは、そんなヒカリさんにやさしく近《ちか》づくようにと、アプリに指示《しじ》されましたね？」

動揺《どうよう》したカズマの唇《くちびる》が、わずかに震《ふる》える。

「初《はじ》めて病院《びょういん》でお会《あ》いしたとき、カズマさんのコミュニケーションには、心理学《しんりがく》のテクニックが透《す》けて見《み》えました。弱《よわ》らせたヒカリさんにどのように効果的《こうかてき》な言葉《ことば》をかけ、心《こころ》の中《なか》へ分《わ》け入《い》っていくかも、ぜんぶ指示《しじ》があったのでしょう」

真実《しんじつ》の鋭《するど》い視線《しせん》に耐《た》えきれず、カズマは目《め》をそらす。

「相手《あいて》の心身《しんしん》を弱《よわ》らせ、やさしい言葉《ことば》で心《こころ》をあやつるのは、卑劣《ひれつ》な洗脳《せんのう》、マインドコントロールの手口《てぐち》です」

ものものしい言葉《ことば》に、健太《けんた》と美希《みき》もドキリとする。

真実《しんじつ》は、おもむろにマジメスギの家《いえ》で拾《ひろ》ったマフラーを突《つ》き出《だ》した。

「鬼竜《きりゅう》カズマさん、このマフラーに見覚《みおぼ》えはないですか？」

マフラーにはアメフト部《ぶ》のロゴと、「Ｋ《ケイ》・Ｋ《ケイ》」のイニシャルが刺繍《ししゅう》されてあった。

「これって、マジメスギくんの家《いえ》の庭《にわ》に落《お》ちていたマフラーだ……。もしかして、カズマさんが？　杉田《すぎた》くんの家《いえ》に侵入《しんにゅう》し、紙人形《かみにんぎょう》を動《うご》かした？」

美希《みき》が驚《おどろ》きの声《こえ》をあげた。

真実《しんじつ》は、カズマに告《つ》げる。

「カズマさん、ぼくたちに本当《ほんとう》のことを話《はな》してくれませんか？」

身《み》を固《かた》くしてこぶしをギュッと握《にぎ》っていたカズマは、ため息《いき》をつき、力《ちから》が抜《ぬ》けたようにうなだれる。

「ぜんぶきみが言《い》ったとおりだよ……。俺《おれ》が紙人形《かみにんぎょう》を動《うご》かした。あの家《いえ》は、きみたちの知《し》り

合《あ》いの家《いえ》だったんだな。何軒《なんげん》か、名前《なまえ》も知《し》らない人《ひと》の家《いえ》に侵入《しんにゅう》して、おまじないをした。住《じゅう》所《しょ》を教《おし》えられて、その家《いえ》の庭《にわ》に黒《くろ》い服《ふく》で侵入《しんにゅう》して、パイプとマフラーを使《つか》って人形《にんぎょう》をあやつって、人《ひと》を驚《おどろ》かせば、願《ねが》いがかなうと言《い》われた。人《ひと》が恐怖《きょうふ》するエネルギーは願《ねが》いをかなえるための原動力《げんどうりょく》になるってね」

健太《けんた》は、決《き》まり悪《わる》そうにうつむくカズマの顔《かお》を見《み》つめた。

「……マジメスギくんの家《いえ》のこと、まさかカズマさんがやっていたなんて」

「健太《けんた》くん、こういうことを行《おこな》っていたのはカズマさんだけじゃない、アプリ利用者全員《りようしゃぜんいん》さ。アプリの指示《しじ》で、おまじないと称《しょう》して、さまざまな工作《こうさく》をさせていた。自分《じぶん》が恋《こい》する相《あい》手《て》ではなく、名前《なまえ》も知《し》らない人《ひと》のところだったから罪悪感《ざいあくかん》は起《お》きない。そうやってターゲットのまわりに異変《いへん》を起《お》こして不安《ふあん》にさせて心《こころ》の中《なか》に分《わ》け入《い》り、それぞれの恋《こい》を成立《せいりつ》させ、アプリの信頼《しんらい》を積《つ》み上《あ》げていたのさ」

「……ヒカリさんの身《み》の回《まわ》りのものがなくなったりしたのも？」

「そうだよ、美希《みき》さん。キャンプで虫《むし》に刺《さ》されたのも、虫《むし》よけスプレーを、虫《むし》を寄《よ》せ付《つ》ける成分《せいぶん》を入《い》れたスプレーに入《い》れ替《か》えられたんだろうね」

「……教室《きょうしつ》に忍《しの》び込《こ》んで、ヒカリさんの持《も》ち物《もの》を隠《かく》したこともあった。バフォ様《さま》におまじないのために必要《ひつよう》だと言《い》われてね」

カズマは顔《かお》をしかめて、つぶやいた。

健太《けんた》は、ハッとして言《い》う。

「そうすると、杉田《すぎた》くんが急《きゅう》に好《す》きな人《ひと》と近《ちか》づけたのも、何《なに》か理由《りゆう》があったたってこと？　まともに話《はな》したことないのに、向《む》こうから急《きゅう》に親《した》しく話《はな》しかけられたと言《い》ってたけど」

マジメスギからくわしく話《はなし》を聞《き》いていた真実《しんじつ》は、健太《けんた》の疑問《ぎもん》に答《こた》える。

あの日《ひ》マジメスギには、赤《あか》いT《ティー》シャツを着《き》てデパートの3階《かい》に行《い》けという指示《しじ》があった。3階《かい》にあるCD《シーディー》ショップでは、とあるアイドルのミニライブが行《おこな》われていた。大《だい》ファンのカナデが見《み》にいくことをアプリの管理者《かんりしゃ》は把握《はあく》していた。彼女《かのじょ》の推《お》しメンのイメージカラーが赤《あか》。彼女《かのじょ》は塾《じゅく》で顔見知《かおみし》りのマジメスギが赤《あか》いT《ティー》シャツを着《き》て、その場《ば》にいたので、同《おな》じアイドルが好《す》きで推《お》しメンまで同《おな》じと思《おも》い、うれしくなって、つい話《はな》しかけたのだ。

「あのアプリは占《うらな》い機能《きのう》も人気《にんき》で、カナデさんも、ヒカリさんも使《つか》っていたんだろうね。アプリにはスパイウェアが入《はい》っていて、ダウンロードするとすべての個人情報《こじんじょうほう》が抜《ぬ》き取《と》られ

スパイウェア
知《し》らないうちにスマホやパソコンなどに入《はい》り込《こ》んで、個人《こじん》情報《じょうほう》を盗《ぬす》んだり、勝手《かって》にパソコンの動作《どうさ》を不安定《ふあんてい》にさせたりする、不正《ふせい》なプログラム。

る。アプリの管理者《かんりしゃ》は利用者《りようしゃ》たちのメール内容《ないよう》や、趣味嗜好《しゅみしこう》、個人情報《こじんじょうほう》、位置情報《いちじょうほう》などを把握《はあく》して、カズマさんや杉田《すぎた》くんにも恋愛《れんあい》アドバイスをしていたんだよ」

それを聞《き》いた美希《みき》がいきどおる。

「……個人情報《こじんじょうほう》を把握《はあく》して恋愛《れんあい》のアドバイスなんて、ぜんぶインチキだし、めちゃくちゃ怖《こわ》すぎるよ！　それにアプリを利用《りよう》する人《ひと》も最低《さいてい》っ！」

美希《みき》は、キッとカズマを見《み》た。

「相手《あいて》を自分《じぶん》の思《おも》いどおりにコントロールするなんて、相手《あいて》は人形《にんぎょう》やゲームじゃなく、生身《なまみ》の人間《にんげん》なのに、そんなのぜんぜん愛情《あいじょう》じゃないです！　カズマさん、ちゃんとヒカリさんに本当《ほんとう》のことを伝《つた》えて、謝《あやま》るべきです！」

カズマたちのことを理想《りそう》のカップルだと思《おも》っていた美希《みき》は、がっかりして悲《かな》しくなった。

カズマは、目《め》に涙《なみだ》を浮《う》かべ、しっかりとうなずいた。

「ごめん、俺《おれ》はバカだ。ヒカリさんには本当《ほんとう》に悪《わる》いことをしたよ……。最初《さいしょ》は恋《こい》をかなえたい一心《いっしん》でアプリを始《はじ》めたんだ。ヒカリさんは人気者《にんきもの》で、俺《おれ》なんかが近《ちか》づける存在《そんざい》じゃなかった。アプリの指示《しじ》は意味不明《いみふめい》のものばかりだったけど、実行《じっこう》するとヒカリさんと仲良《なかよ》くなれた……。ヒカリさんが弱《よわ》っていくのを見《み》て、もしかしてアプリのせいかと思《おも》ってやめたときもあった。でもアプリを消《け》しても、またすぐにバフォが現《あらわ》れて、黒魔術《くろまじゅつ》で呪《のろ》うぞとおどされたんだ」

「たとえアプリを削除《さくじょ》しても、スパイウェアはスマホに残《のこ》り続《つづ》け、逃《に》げることはできないようになっていますからね」

健太《けんた》は、ふと疑問《ぎもん》を口《くち》にする。

「でも、あのアプリは、なぜそこまで黒魔術《くろまじゅつ》にこだわるんだろう」

真実《しんじつ》はうなずいて話《はなし》を続《つづ》ける。

「確《たし》かに、アプリのキャラクターの名前《なまえ》のバフォは、バフォメットという有名《ゆうめい》な悪魔《あくま》の名《な》から取《と》られていて、杉田《すぎた》くんがおまじないでとなえていたのも古《ふる》い魔術書《まじゅつしょ》『グリモワール』に書《か》かれている実際《じっさい》の黒魔術《くろまじゅつ》の呪文《じゅもん》だ。アプリの管理者《かんりしゃ》が異様《いよう》に黒魔術《くろまじゅつ》にこだわっているのは確《たし》かだね。その黒魔術《くろまじゅつ》に、心理《しんり》テクニック、スパイウェアなどの技術《ぎじゅつ》を利用《りよう》して、人々《ひとびと》をあやつっていたんだね」

「お見事《みごと》！　きみの推理《すいり》はぜんぶ聞《き》かせてもらったよ」

そのとき、カズマのスマホから、突然男《とつぜんおとこ》の声《こえ》が聞《き》こえてくる。

健太《けんた》たちも、一緒《いっしょ》にスマホをのぞき込《こ》む。

カズマのスマホに映像《えいぞう》が映《うつ》っている。たくさんの書物《しょもつ》が並《なら》ぶ薄暗《うすぐら》い部屋《へや》。椅子《いす》に腰掛《こしか》ける人影《ひとかげ》。暗《くら》くて顔《かお》ははっきり見《み》えない。

男《おとこ》が語《かた》りかけてくる。

「でも、いろいろじゃましてヒドいなぁ、きみたちは。カズマくんも、せっかくあこがれの人《ひと》と付《つ》き合《あ》えるところだったのに。あの杉田《すぎた》のぼうやも、もっとどす黒《ぐろ》い心《こころ》が出《で》てくれれば、もう少《すこ》しでライバルを呪《のろ》い殺《ころ》すところだったのにさ」

健太《けんた》はとっさに叫《さけ》ぶ。

「杉田《すぎた》くんはそんなことしないよ！　あなたがアプリを作《つく》ったんですよね。ひどいのはあなたですよ！　真剣《しんけん》に恋《こい》する人《ひと》をあやつったり、罪《つみ》のないヒカリさんやみんなを巻《ま》き込《こ》んで傷《きず》つけたりして。もう、これ以上《いじょう》ひどいことはやめてください！」

「このアプリがインチキで悪質《あくしつ》だってみんなに知《し》らせなきゃ。そうだ、ハイテンション・アガルさんに動画《どうが》で広《ひろ》めてもらおうよ！」

美希《みき》が声《こえ》をあげた。

バフォメット
ヤギの頭《あたま》と黒《くろ》いつばさを持《も》つ悪魔《あくま》。11世紀《せいき》ごろから書簡《しょかん》に現《あらわ》れるが、19世紀《せいき》の魔術師《まじゅつし》エリファス・レヴィの書物《しょもつ》に描《えが》かれた絵《え》（上《うえ》）で、この姿《すがた》が定着《ていちゃく》した。

ハイテンション・アガル
少《すこ》し落《お》ち目《め》の動画《どうが》配信者《はいしんしゃ》。『科学探偵《かがくたんてい》VS.《ブイエス》妖魔《ようま》の村《むら》』で初《はつ》登場《とうじょう》した。

「……アプリで人《ひと》の心《こころ》をあやつり、もっともっと人《ひと》の醜《みにく》さを暴《あば》きたかったのだが……。まあいいだろう。でも、こんなものじゃないよ。人間《にんげん》の強欲《ごうよく》さはね。わたしの黒魔術《くろまじゅつ》が、これからもっともっと人間《にんげん》の醜《みにく》さや、強欲《ごうよく》さをあぶり出《だ》すだろう」

真実《しんじつ》は、けわしい表情《ひょうじょう》で、スマホに向《む》かって語《かた》りかける。

「あなたは、いったい何者《なにもの》だ」

「……わたしの名《な》は、カオス。不死身《ふじみ》の黒魔術師《くろまじゅつし》」

美希《みき》がハッとする。

「カオス……って、脱獄《だつごく》して警察《けいさつ》も捜《さが》しているのにまだ捕《つか》まっていない、あのカオス？　そうか、あのアプリの制作者《せいさくしゃ》の名前《なまえ》はクロヅキだった！」

「え、カオスって、こないだ美希《みき》ちゃんたちが話《はな》してた？」

「健太《けんた》くん、わたし、実録犯罪《じつろくはんざい》をテーマにした学校新聞《がっこうしんぶん》の新《しん》コーナーの1回目《かいめ》は黒月教授事《くろづききょうじゅじ》件《けん》を扱《あつか》おうと思《おも》っていたんだ。10年《ねん》ほど前《まえ》に大学生《だいがくせい》たちがさまざまな事件《じけん》を起《お》こしたんだ。学生《がくせい》たちは逮捕《たいほ》されたけど、動機《どうき》は謎《なぞ》で誰《だれ》も自供《じきょう》しなかった。学生《がくせい》に共通《きょうつう》していたのが心理《しんり》

学《がく》の黒月香王巣教授《くろづきかおすきょうじゅ》のゼミ生《せい》だったということ。捜査《そうさ》するうちに、すべての事件《じけん》に黒月教《くろづききょう》授《じゅ》が関《かか》わっていたことがわかって、逮捕《たいほ》されたんだよ」

「え、カオスっていう人《ひと》、大学教授《だいがくきょうじゅ》だったんだ」

健太《けんた》は驚《おどろ》いて声《こえ》をあげた。

「フフフ、お嬢《じょう》さんの説明《せつめい》で、わたしが自己紹介《じこしょうかい》するまでもないようだね。これから、もっともっとドロドロした人間《にんげん》の本当《ほんとう》の姿《すがた》を白日《はくじつ》のもとにさらしてやる。また会《あ》うことになるだろう。さらばだ。フハハハッ」

薄暗《うすぐら》い部屋《へや》でカオスは高笑《たかわら》いしながら、映像《えいぞう》が途切《とぎ》れた。

夕日《ゆうひ》の差《さ》すなか、健太《けんた》たちはぼうぜんと街角《まちかど》に立《た》ちつくした。

I

SCIENCE TRICK DATA FILE

科学《かがく》トリック データファイル

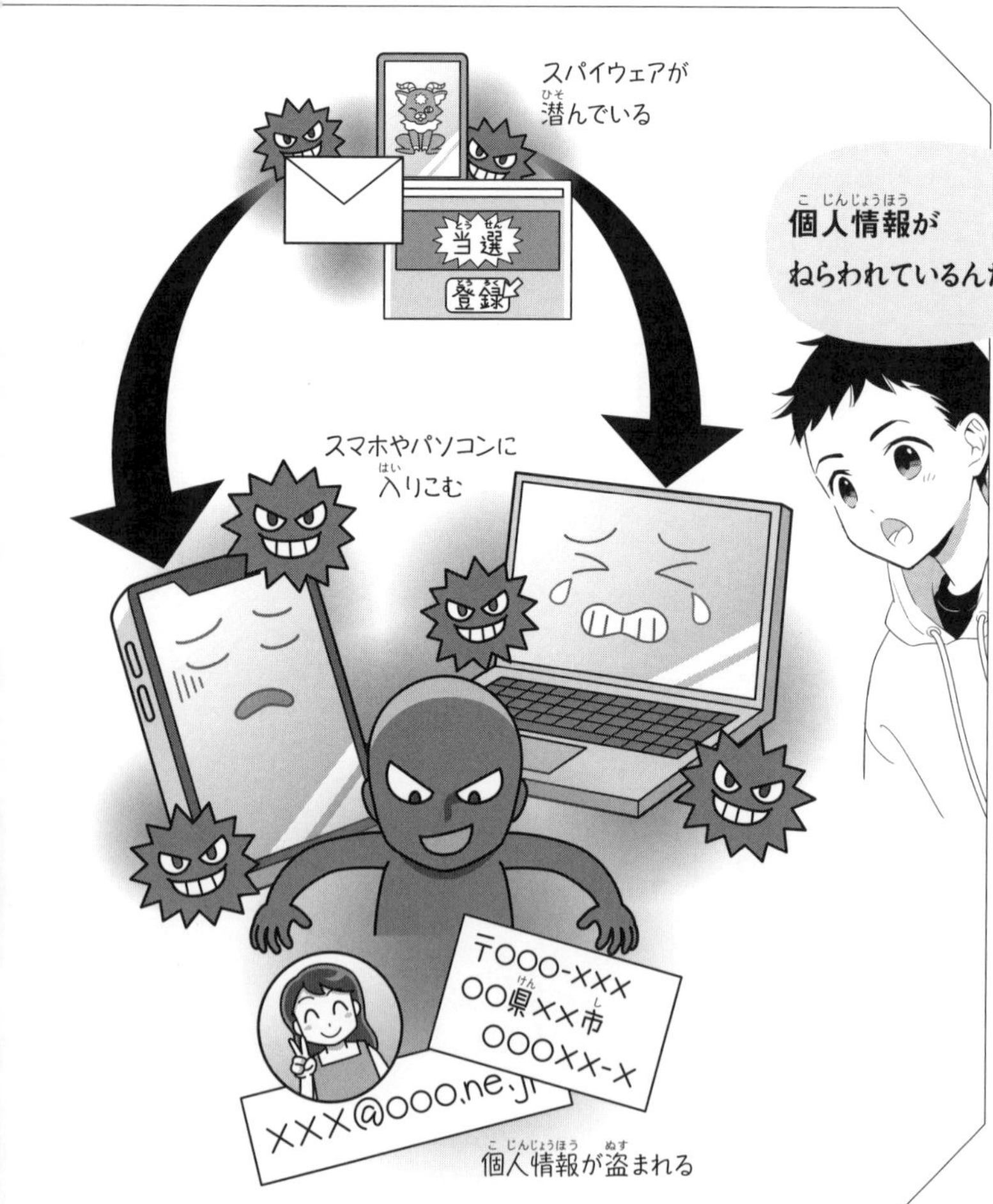

スパイウェアが潜《ひそ》んでいる
当選《とうせん》
登録《とうろく》
個人情報《こじんじょうほう》がねらわれているんだね
スマホやパソコンに入《はい》りこむ
〒○○○-×××
○○県《けん》××市《し》
○○○××-×
×××@○○○.ne.jp
個人情報《こじんじょうほう》が盗《ぬす》まれる

スパイウェアに注意《ちゅうい》！

スパイウェアはアプリやサイトに潜《ひそ》んでいたり、メールで送《おく》られてきたりして、気《き》づかないうちにスマホやパソコンに侵入《しんにゅう》してしまうことがあります。それによって個人情報《こじんじょうほう》が盗《ぬす》まれると、詐欺《さぎ》などの被害《ひがい》にあう危険《きけん》もあるので注意《ちゅうい》が必要《ひつよう》です。

スパイウェアを防《ふせ》ぐには

①侵入《しんにゅう》させない

送《おく》り主《ぬし》がわからないメールやファイルを開《ひら》かないようにする。開発者《かいはつしゃ》がわからないアプリも危険《きけん》だ。

②監視《かんし》する

スパイウェアを監視《かんし》するセキュリティーソフトをスマホやパソコンに入《い》れておくとよい。

悪《あく》魔《ま》と契《けい》約《やく》した錬《れん》金《きん》術《じゅつ》師《し》

不《ふ》死《じ》身《み》の黒《くろ》魔《ま》術《じゅつ》師《し》2

この日は休日《きゅうじつ》。健太《けんた》、美希《みき》、真実《しんじつ》の3人《にん》は、森《もり》の中《なか》にいた。ハマセンこと、学年主任《がくねんしゅにん》の浜《はま》田先生《だせんせい》に頼《たの》まれ、3人《にん》は森《もり》に植樹《しょくじゅ》をするボランティアに参加《さんか》していたのだ。

ひとり黙々《もくもく》と作業《さぎょう》をする真実《しんじつ》のかたわらで、健太《けんた》と美希《みき》は先日《せんじつ》起《お》きた事件《じけん》の話《はなし》に夢中《むちゅう》になっている。あれからマジメスギは、スパイウェアが入《はい》ったスマホを処分《しょぶん》したと、健太《けんた》はうわさに聞《き》いていた。

「杉田《すぎた》くんを恐怖《きょうふ》におとしいれた犯人《はんにん》は、『カオス』って名乗《なの》ってたけど……。脱獄《だつごく》して、まだ警察《けいさつ》に捕《つか》まっていないんだよね？」

不安《ふあん》げな表情《ひょうじょう》を浮《う》かべる健太《けんた》に、美希《みき》は言《い》う。

「警察《けいさつ》も、かなり手《て》こずってるみたいね。カオスは海外《かいがい》に逃亡《とうぼう》した、なんてウワサも飛《と》び交《か》ってるけど……実《じつ》はね、ここだけの話《はなし》、花森町《はなもりちょう》に潜伏《せんぷく》してるんじゃないかとも言《い》われてるの」

「えっ、カオスがこの町《まち》に!?」

美希《みき》によると、最近《さいきん》、花森町《はなもりちょう》やその周辺《しゅうへん》で、黒《くろ》いローブ姿《すがた》の男《おとこ》が頻繁《ひんぱん》に目撃《もくげき》されているという。

男《おとこ》は黒魔術《くろまじゅつ》の呪文《じゅもん》をとなえながら、町《まち》のあちこちで不思議《ふしぎ》な現象《げんしょう》を起《お》こしているらしい。

「黒魔術《くろまじゅつ》の呪文《じゅもん》!?　不思議《ふしぎ》な現象《げんしょう》を起《お》こしてるってことは……カオスは本物《ほんもの》の黒魔術《くろまじゅつ》も使《つか》えるってこと!?」

驚《おどろ》く健太《けんた》に、「さあ、それはどうだか」と、美希《みき》は肩《かた》をすくめながら答《こた》える。

「カオスの黒魔術《くろまじゅつ》が本物《ほんもの》かどうかはわからないけど……歴史上《れきしじょう》に魔術師《まじゅつし》が実在《じつざい》していたことは事実《じじつ》よ。特《とく》に中世《ちゅうせい》ヨーロッパには、『賢者《けんじゃ》の石《いし》』で有名《ゆうめい》なニコラ・フラメルをはじめ、魔《ま》

ニコラ・フラメル
（1330ごろ～1418年《ねん》）
フランスの錬金術師《れんきんじゅつし》。

レーヴ・ベン・ベザレル
（1525～1609年《ねん》）
プラハ（チェコ）のユダヤ教《きょう》の神父《しんぷ》。（生年《せいねん》は諸説《しょせつ》あり）

術師《じゅつし》と呼《よ》ばれる人《ひと》たちがたくさんいたわ」

「えっ、たくさん!?」

「たとえば、レーヴ・ベン・ベザレルというユダヤ教《きょう》の神父《しんぷ》は、泥人形《どろにんぎょう》に命《いのち》を吹《ふ》き込《こ》んで、ゴーレムと呼《よ》ばれる人造人間《じんぞうにんげん》を作《つく》り出《だ》したって言《い》われてるのよ」

「ゴーレムって……ゲームとかに出《で》てくる泥《どろ》の怪物《かいぶつ》だよね!?」

美希《みき》の話《はなし》に、健太《けんた》は夢中《むちゅう》になる。

そこに、両手《りょうて》に大《おお》きな袋《ふくろ》を持《も》ったハマセンがやってきた。

「みんな、ごくろうさん。腹減《はらへ》っただろう。今日《きょう》のお礼《れい》だ」

ハマセンは、袋《ふくろ》からお弁当《べんとう》と飲《の》み物《もの》を取《と》り出《だ》し、3人《にん》に配《くば》る。

「わーい、天《てん》むす！　ぼく、大好《だいす》き！」

エビ天《てん》の入《はい》ったおにぎりを見《み》て、健太《けんた》は小躍《こおど》りした。

健太《けんた》は、真実《しんじつ》や美希《みき》と木陰《こかげ》でお弁当《べんとう》をほおばる。美希《みき》に話《はなし》の続《つづ》きを聞《き》こうと思《おも》ったそのとき、森《もり》の中《なか》を黒《くろ》っぽい影《かげ》がよぎった。

（えっ、もしかして……？）
健太《けんた》は反射的《はんしゃてき》に影《かげ》を追《お》いかけ、ひとり、その場《ば》を離《はな》れていく。
泥《どろ》んこ沼《ぬま》の近《ちか》くまでやってきたとき、黒《くろ》い影《かげ》の主《ぬし》がはっきり見《み》えた。
それは黒頭巾《くろずきん》をかぶったローブ姿《すがた》の、あやしげな男《おとこ》だった。
健太《けんた》の心臓《しんぞう》が、ドクン、と脈打《みゃくう》つ。
物陰《ものかげ》に隠《かく》れて、ようすを見守《みまも》っていると……。
男《おとこ》は片《かた》ひざをつき、呪文《じゅもん》をとなえ始《はじ》めた。

「エロイムエッサイム、エロイムエッサイム。この土《つち》に命《いのち》を吹《ふ》き込《こ》み、魂《たましい》を宿《やど》したまえ」

しばらくして土《つち》の中《なか》から、泥《どろ》にまみれた何《なに》かが、ムクムクと現《あらわ》れた。
その何《なに》かは、徐々《じょじょ》に大《おお》きくなる。
そして、大《おお》きな泥人形《どろにんぎょう》の姿《すがた》になった。

「うわああああっ!!!」

健太《けんた》の悲鳴《ひめい》に、男《おとこ》が振《ふ》り返《かえ》る。

黒頭巾《くろずきん》をかぶっているので顔《かお》はよく見《み》えないが、その口元《くちもと》には笑《え》みが浮《う》かんでいた。

「フフフ……ぼうや、きみはおもしろい子《こ》だねえ。わたしのことを覚《おぼ》えているかい？」

「えっ……？」

「名前《なまえ》はカオス、不死身《ふじみ》の黒魔術師《くろまじゅつし》だ」

「カカカ、カオス⁉︎?」

健太《けんた》は腰《こし》を抜《ぬ》かし、その場《ば》にへたりこむ。

そこに、健太《けんた》の悲鳴《ひめい》を聞《き》いて、真実《しんじつ》と美希《みき》が駆《か》けつけてきた。

カオスは、その場《ば》からスーッと姿《すがた》を消《け》す。

「健太《けんた》くん、どうしたの？」

美希《みき》に問《と》われた健太《けんた》は、泥人形《どろにんぎょう》を指《さ》しながら叫《さけ》んだ。

「カオスだ!! たった今《いま》、カオスが現《あらわ》れて、あのゴーレムを黒魔術《くろまじゅつ》で出現《しゅつげん》させたんだ!!」

「……ゴーレム？」

真実《しんじつ》は、眼鏡《めがね》を人《ひと》さし指《ゆび》でクイッと持《も》ちあげる。

そして、泥人形《どろにんぎょう》のそばに寄《よ》り、じっくりとそれを観察《かんさつ》し始《はじ》めた。

「健太《けんた》くん、怖《こわ》がらなくても大丈夫《だいじょうぶ》だよ。これはただの作《つく》りもの、人形《ひとがた》の風船《ふうせん》さ」

「風船《ふうせん》!?」

泥《どろ》にまみれていたので、泥人形《どろにんぎょう》のように見《み》えたが、よく見《み》ると、それは茶色《ちゃいろ》いゴムでできたゴム人形《にんぎょう》だった。

「でも、でもさ、ぼくの目《め》の前《まえ》で、ひとりでに大《おお》きくふくらんだんだよ!?」

「何《なに》か、しかけがあるんだろう」

真実《しんじつ》は、ゴーレムの足元《あしもと》を掘《ほ》る。すると、その両足《りょうあし》は、土《つち》に埋《う》められたふたつのバケツの口《くち》に、それぞれ、はめられていることがわかった。

バケツの中《なか》には、すっぱいにおいのする液体《えきたい》が入《はい》っている。

バケツのふちには、白《しろ》い粉《こな》のようなものが付着《ふちゃく》していた。

「これは、化学反応《かがくはんのう》を利用《りよう》したトリックさ。これを仕掛《しか》けた人間《にんげん》は、このふたつのバケツに酢《す》を入《い》れ、こっちのゴム人形《にんぎょう》のほうには重曹《じゅうそう》を入《い》れておいたんだ」

「重曹《じゅうそう》って、炭酸水《たんさんすい》を作《つく》るときに使《つか》うあの重曹《じゅうそう》だよね？」

炭酸《たんさん》好《ず》きの健太《けんた》は、最近《さいきん》、重曹《じゅうそう》とクエン酸《さん》でソーダを手作《てづく》りすることに凝《こ》っていた。

「そう。酢《す》もクエン酸《さん》も酸性《さんせい》の液体《えきたい》だ。どちらも重曹《じゅうそう》と反応《はんのう》すると、二酸化炭素《にさんかたんそ》の泡《あわ》を発生《はっせい》させる」

「もしかして……その二酸化炭素《にさんかたんそ》がゴム人形《にんぎょう》をふくらませたとか？」

「そのとおりだよ。重曹《じゅうそう》が入《はい》ったゴム人形《にんぎょう》の両足《りょうあし》は、酢《す》の入《はい》ったバケツの口《くち》に、はめられていた。黒頭巾《くろずきん》の男《おとこ》はあらかじめ、このような装置《そうち》を用意《ようい》しておいてから、健太《けんた》くんをこの場所《ばしょ》に誘導《ゆうどう》し、目《め》の前《まえ》でしおれたゴム人形《にんぎょう》を少《すこ》しだけ持《も》ちあげてみせたんだ。このとき、重曹《じゅうそう》がバケツの中《なか》に落《お》ちて、酢《す》と混《ま》じり合《あ》い、二酸化炭素《にさんかたんそ》が発生《はっせい》した。その二酸化炭素《にさんかたんそ》が、ゴム人形《にんぎょう》をふくらませたってわけさ」

「……はぁ、なんだ、そういうことだったのか」

ゴーレムのトリック

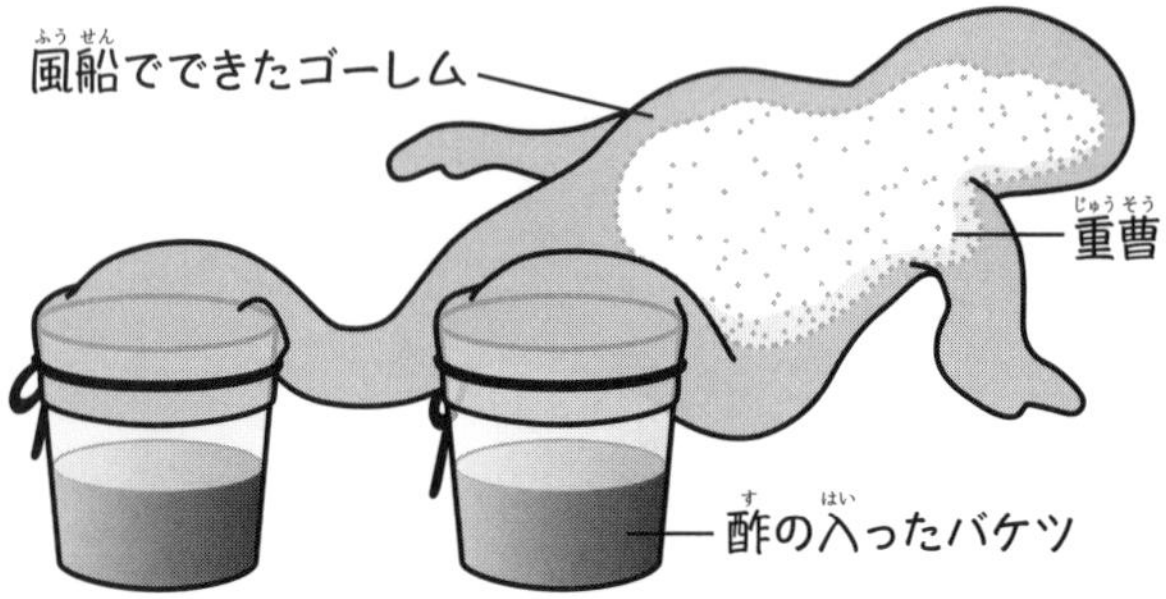

風船《ふうせん》でできたゴーレム
重曹《じゅうそう》
酢《す》の入《はい》ったバケツ

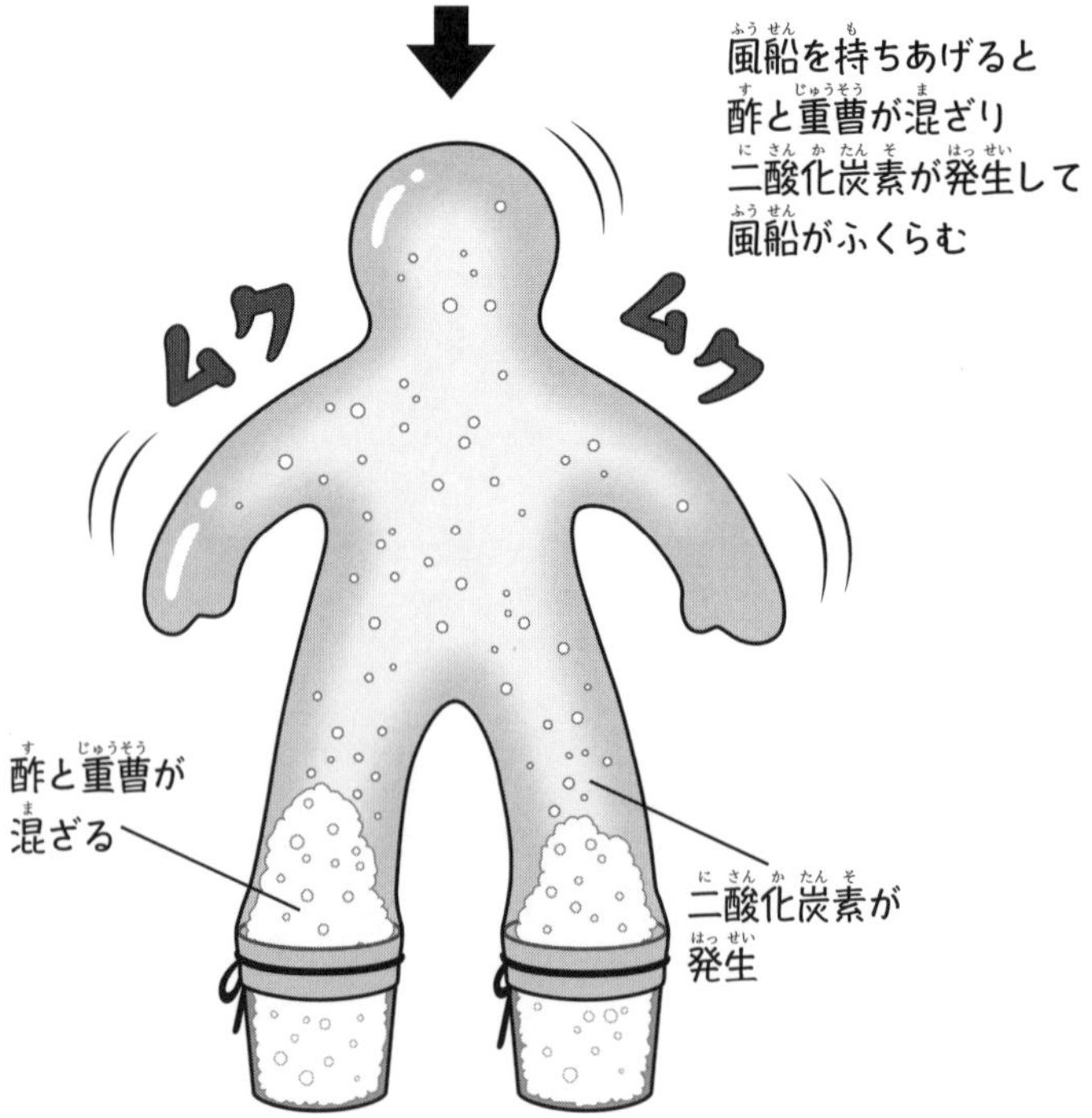

風船《ふうせん》を持《も》ちあげると
酢《す》と重曹《じゅうそう》が混《ま》ざり
二酸化炭素《にさんかたんそ》が発生《はっせい》して
風船《ふうせん》がふくらむ
ムク
ムク
酢《す》と重曹《じゅうそう》が
混《ま》ざる
二酸化炭素《にさんかたんそ》が
発生《はっせい》

健太《けんた》は拍子抜《ひょうしぬ》けした。しかし、真実《しんじつ》はけわしい表情《ひょうじょう》でこう付《つ》け加《くわ》える。

「カオスが『黒魔術《くろまじゅつ》』と称《しょう》しているものは、科学《かがく》と心理学《しんりがく》を組《く》み合《あ》わせたトリックにすぎないけれど、人《ひと》の心《こころ》をあやつり、洗脳《せんのう》するワザにかけては、天才的《てんさいてき》だ。ある意味《いみ》、とても危険《きけん》な存在《そんざい》といえる」

町《まち》でカオスらしき男《おとこ》の姿《すがた》を見《み》かけても、絶対《ぜったい》に近《ちか》づいてはいけないと、真実《しんじつ》は釘《くぎ》を刺《さ》す。

一方《いっぽう》、美希《みき》は、ジャーナリスト魂《だましい》に火《ひ》がついたようだった。

「学校新聞《がっこうしんぶん》にカオスの過去《かこ》を暴《あば》く記事《きじ》を書《か》いたぐらいじゃ、まだ足《た》りないわね。みんながカオスにだまされないように、もっともっと呼《よ》びかけなきゃ！」

美希《みき》は「記事《きじ》を書《か》く」と言《い》って、ひとり先《さき》に帰《かえ》っていった。


どろんこ沼《ぬま》から、泥《どろ》まみれの人影《ひとかげ》が現《あらわ》れたのは、そのときだった。

「ゴーレム!?　今度《こんど》はホンモノ!?」

健太《けんた》は、とっさに真実《しんじつ》の手《て》を引《ひ》き、その場《ば》を逃《に》げ出《だ》す。すると――、

びちゃっ、ぐちゃっ、びちゃっ、ぐちゃっ!!

泥《どろ》の怪物《かいぶつ》、ゴーレムは、ふたりのあとを追《お》いかけてきた。

「ひいいっ、助《たす》けてえぇぇぇ〜〜〜!!」

「待《ま》ってくれ！　宮下《みやした》、オレだ！」

「えっ!?」

ゴーレムかと思《おも》われた怪物《かいぶつ》は、よく見《み》ると……泥《どろ》まみれのハマセンだった。

ハマセンは、泥《どろ》んこ沼《ぬま》に落《お》ちていた千円札《せんえんさつ》を拾《ひろ》おうとして足《あし》をすべらせ、沼《ぬま》にハマったという。

「いや、しかし、まいったなぁ……これじゃ、アイツに会《あ》いにいけない」

今日《きょう》の午後《ごご》、ハマセンは高校時代《こうこうじだい》の友人《ゆうじん》と会《あ》う約束《やくそく》をしていたらしい。

「長谷部智也《はせべともや》といって、オレの自慢《じまん》のマブダチなんだ。俳優《はいゆう》をやっていて、テレビにも時々《ときどき》出《で》てるんだ。今《いま》はまだ無名《むめい》だけど、いずれスターになると、オレは信《しん》じてる」

ハマセンは泥《どろ》がつかないように注意《ちゅうい》しながら、自分《じぶん》のリュックを開《あ》けると、ブタの絵《え》が描《えが》かれた小《ちい》さな金色《きんいろ》のメダルを取《と》り出《だ》した。

「そんなわけで、宮下《みやした》、悪《わる》いんだけど……このメダルを、オレの代《か》わりに長谷部《はせべ》に届《とど》けてく

れないか？」

「えっ!?」

「テツばっちゃんから台湾土産《たいわんみやげ》にもらった、純金《じゅんきん》のメダルだ。風水《ふうすい》で、ブタは富《とみ》と繁栄《はんえい》の象徴《しょうちょう》とされている。幸運《こううん》を招《まね》くお守《まも》りなんだ。長谷部《はせべ》のやつ、最近《さいきん》、ドラマの大役《たいやく》が決《き》まったみたいでさ。仕事《しごと》がうまくいくように、このメダルをしばらく借《か》りたいって言《い》うんだよ」

ハマセンに頼《たの》まれた健太《けんた》は、「わかりました」とメダルを受《う》け取《と》る。そして、ハマセンの友人《ゆうじん》に届《とど》けるため、繁華街《はんかがい》の喫茶店《きっさてん》へと向《む》かったのだった。

●

喫茶店《きっさてん》で、健太《けんた》はハマセンの友人《ゆうじん》——俳優《はいゆう》の長谷部智也《はせべともや》と向《む》き合《あ》った。

長谷部《はせべ》はウェーブのかかった髪《かみ》、彫《ほ》りの深《ふか》い顔立《かおだ》ちで、引《ひ》きしまった筋肉質《きんにくしつ》の体形《たいけい》。とても若々《わかわか》しく、ハマセンと同《おな》じ年《とし》には見《み》えない。健太《けんた》がハマセンから預《あず》かってきたメダルを差《さ》し出《だ》すと、「ありがとう」と白《しろ》い歯《は》を見《み》せ、ほほえんだ。

「わざわざ、ごめんね。よかったら、好《す》きなものを注文《ちゅうもん》して。おごるから」

「えっと、じゃあ……クリームソーダを……。それと、サインもらえますか？」

長谷部《はせべ》は快《こころよ》く応《おう》じてくれたが、健太《けんた》にサインを渡《わた》すとき、少《すこ》しさびしげに言《い》った。

「オレのサインなんか持《も》ってても、価値《かち》ないかもしれないよ」

「いや、そんなことないでしょ。長谷部《はせべ》さん、カッコイイし、『いずれスターになる』って、ハマセ……浜田先生《はまだせんせい》が自慢《じまん》してましたよ」

「浜田《はまだ》がそんなことを……？」

長谷部《はせべ》は、顔《かお》をくもらせた。

「今度《こんど》、ドラマで大役《たいやく》をやるんですよね？　よかったらドラマのタイトル、教《おし》えてくれませんか？　ぼく、絶対《ぜったい》、見《み》ますから！」

長谷部《はせべ》はバツが悪《わる》そうな顔《かお》になり、ため息《いき》をつく。

「ごめん……実《じつ》はその話《はなし》、ウソなんだ」

「えっ、ウソ!?」

「健太《けんた》くん、俳優《はいゆう》の世界《せかい》ってものはね、見《み》た目《め》ほど華《はな》やかじゃないんだ。役《やく》をもらうためには、オーディションを受《う》けなきゃならないんだけど、これが受《う》けても受《う》けても、なかなか受《う》からない。生活《せいかつ》のためのアルバイトに追《お》われて、演技《えんぎ》の勉強《べんきょう》もままならない。生《い》き馬《うま》の目《め》を抜《ぬ》く競争《きょうそう》の世界《せかい》で、人《ひと》を蹴落《けお》としてでも役《やく》をつかまなきゃ、はいあがれないっていう現実《げんじつ》もある」

長谷部《はせべ》は、ため息《いき》まじりに言《い》ったあと、「実《じつ》はね……」と、奇妙《きみょう》な話《はなし》をし始《はじ》めた。

《あなたの夢《ゆめ》をかなえます！》

俳優《はいゆう》の仕事《しごと》に恵《めぐ》まれず、夢《ゆめ》をあきらめかけていた長谷部《はせべ》は、あるとき、ネットで、そんなタイトルの記事《きじ》を目《め》にした。自分《じぶん》のかなえたい夢《ゆめ》を書《か》いてメールで送《おく》れば、応募《おうぼ》者《しゃ》の中《なか》から選《えら》ばれた10人《にん》に、夢《ゆめ》をかなえるチャンスが与《あた》えられるという。

長谷部《はせべ》がダメモトで自分《じぶん》の夢《ゆめ》を書《か》き、応募《おうぼ》したところ、しばらくして返信《へんしん》が届《とど》いた。

《おめでとうございます！　あなたは、１３７８人《にん》の応募者《おうぼしゃ》の中《なか》から、夢《ゆめ》をかなえられる10人《にん》に選《えら》ばれました！》

さらにメールには、こんな文言《もんごん》も書《か》かれていた。

《お金《かね》ですべての夢《ゆめ》がかなうわけではない、とあなたはお思《おも》いでしょう？

しかし、たいがいの夢《ゆめ》は、お金《かね》さえあればかなうものなのです。

わたしは錬金術師《れんきんじゅつし》です。錬金術《れんきんじゅつ》で、あなたの夢《ゆめ》をかなえます！》

「錬《れん》金《きん》術《じゅつ》!?」


長谷部《はせべ》の話《はなし》を聞《き》き、健太《けんた》は思《おも》わず声《こえ》を張《は》りあげた。長谷部《はせべ》は続《つづ》ける。

「メールの送《おく》り主《ぬし》のことを全面的《ぜんめんてき》に信《しん》じたわけじゃないけど、話《はなし》だけでも聞《き》いてみようかと思《おも》って……。オレもいい年《とし》だし、この年齢《ねんれい》で貯金《ちょきん》ゼロ、アルバイト生活《せいかつ》ってのは、さすがにキツい。そろそろやめどきかなぁとも思《おも》ってる。でも、まとまったお金《かね》さえ手《て》に入《はい》れば、もう少《すこ》しだけ、俳優《はいゆう》の夢《ゆめ》を追《お》い続《つづ》けることができるんだ」

「でも、それと、浜田先生《はまだせんせい》からメダルを借《か》りたこととは、どう関係《かんけい》があるんです？」

健太《けんた》がたずねると、長谷部《はせべ》は少《すこ》しためらってから答《こた》える。

「メールの送《おく》り主《ぬし》から、コインやインゴットのような、うすくて小《ちい》さな金製品《きんせいひん》と、大《おお》きな銅《どう》製品《せいひん》を持《も》ってくるように言《い》われたんだ。錬金術《れんきんじゅつ》を行《おこな》ううえで必要《ひつよう》なものらしい。でも、オレ、金製品《きんせいひん》なんか持《も》ってないから、浜田《はまだ》に貸《か》してもらおうと思《おも》ってさ」

「なるほど、そういうことだったんですか」

「アイツにウソをついたことは、悪《わる》かったと思《おも》ってる。でも、結果的《けっかてき》にオレが夢《ゆめ》をかなえられたら、アイツも喜《よろこ》んでくれるんじゃないかなぁ」

●

健太《けんた》は長谷部《はせべ》と一緒《いっしょ》に、とある倉庫《そうこ》へとやってきた。

そこは、メールの相手《あいて》が指定《してい》してきた場所《ばしょ》――アニメの錬金術師《れんきんじゅつし》にあこがれを抱《いだ》いていた健太《けんた》は、本物《ほんもの》の錬金術《れんきんじゅつ》をこの目《め》で見《み》たいと思《おも》い、長谷部《はせべ》についてきたのだ。

倉庫《そうこ》の中《なか》には、ほかにも何人《なんにん》かの人々《ひとびと》が集《あつ》まっていた。

倉庫《そうこ》の中央《ちゅうおう》にはテーブルが置《お》かれ、理科《りか》の実験道具《じっけんどうぐ》のような器具《きぐ》が並《なら》べられている。

その手前《てまえ》のコンクリートの床《ゆか》には、黄色《きいろ》いチョークで魔法陣《まほうじん》が描《えが》かれていた。

テーブルの前《まえ》には、40歳《さい》くらいの男《おとこ》の姿《すがた》があった。やせて背《せ》が高《たか》く、整《ととの》った顔立《かおだ》ちをしている。アニメの錬金術師《れんきんじゅつし》さながらの、白《しろ》っぽいガウンのようなローブをまとい、緑《みどり》がかったレンズの色眼鏡《いろめがね》をかけていた。


「みなさん、はじめまして。わたしは錬金術師《れんきんじゅつし》です」

男《おとこ》はそう名乗《なの》ると、一同《いちどう》の前《まえ》で話《はな》し始《はじ》めた。

「錬金術《れんきんじゅつ》とは、ご存《ぞん》じのとおり、銅《どう》、鉄《てつ》、鉛《なまり》などの卑金属《ひきんぞく》から、金《きん》や銀《ぎん》などの貴金属《ききんぞく》を生《せい》

貴金属《ききんぞく》と卑金属《ひきんぞく》
さびにくい金属《きんぞく》である、金《きん》・白金《はっきん》（プラチナ）・銀《ぎん》などを「貴金属《ききんぞく》」と呼《よ》ぶ。それ以外《いがい》のさびやすい金属《きんぞく》は「卑金属《ひきんぞく》」と呼《よ》んでいる。

成《せい》するワザのことです。古代《こだい》ギリシャ、エジプト、西洋《せいよう》……代々《だいだい》の錬金術師《れんきんじゅつし》が挑《いど》み、なし得《え》なかったそのワザを、わたしはついに完成《かんせい》させました。今《いま》から、みなさんにお目《め》にかけましょう」

錬金術師《れんきんじゅつし》はそう言《い》ったあと、人々《ひとびと》に呼《よ》びかけた。

「その前《まえ》に、みなさんに注意《ちゅうい》しておきたいことがあります。錬金術《れんきんじゅつ》とは、悪魔《あくま》と契約《けいやく》し、欲《よく》望《ぼう》をかなえる魔術《まじゅつ》です。悪魔《あくま》は危険《きけん》な存在《そんざい》です。人間《にんげん》の欲《よく》をかなえてくれる代《か》わりに、命《いのち》とか、魂《たましい》とか、それと等価《とうか》な見返《みかえ》りを求《もと》めてきます」

（……知《し》らなかった。錬金術《れんきんじゅつ》がそんな危険《きけん》なものだったなんて……）

健太《けんた》は不安《ふあん》を覚《おぼ》える。

しかし、錬金術師《れんきんじゅつし》はこう付《つ》け加《くわ》えた。

「わたしは魔力《まりょく》に守《まも》られているので大丈夫《だいじょうぶ》ですが、魔力《まりょく》を持《も》たないあなたがたは、この魔法《まほう》陣《じん》の中《なか》にお入《はい》りください。魔法陣《まほうじん》の中《なか》にいれば、みなさんは安全《あんぜん》です。わたしが錬金術《れんきんじゅつ》を行《おこな》っているあいだは、絶対《ぜったい》に魔法陣《まほうじん》の外《そと》には出《で》ないでください」

錬金術師《れんきんじゅつし》の呼《よ》びかけに応《おう》じ、その場《ば》にいた人々《ひとびと》は、みな、魔法陣《まほうじん》の円《えん》で囲《かこ》まれた内側《うちがわ》に入《はい》った。

「ありがとうございます。錬金術《れんきんじゅつ》で、わたしはみなさんを億万長者《おくまんちょうじゃ》にしてさしあげましょう。その代《か》わりといってはなんですが、錬金術《れんきんじゅつ》のすごさを世《よ》に広《ひろ》めてください。錬金術《れんきんじゅつ》というものがこの世《よ》に存在《そんざい》し、人々《ひとびと》を幸《しあわ》せにできる、すばらしいものであることを、わたしは世《よ》に知《し》らしめたいのです。ご賛同《さんどう》いただける方《かた》は、こちらの契約書《けいやくしょ》にサインをお願《ねが》いします」

錬金術師《れんきんじゅつし》はそう言《い》って、集《あつ》まった人々《ひとびと》に契約書《けいやくしょ》を渡《わた》し、サインをさせた。

「では、錬金術《れんきんじゅつ》を始《はじ》めたいと思《おも》います。まずは金《きん》のかけらが入《はい》ったこの容器《ようき》に、水《みず》をそそぎます」

錬金術師《れんきんじゅつし》は、小《ちい》さな金《きん》のかけらが入《はい》ったガラスの容器《ようき》に、水《みず》をそそぐ。

「エロイムエッサイム、
エロイムエッサイム。
この水《みず》に、銅《どう》を金《きん》に
変《か》える力《ちから》をさずけたまえ」

（……エロイムエッサイム？　これって……）

健太《けんた》は、再《ふたた》び不安《ふあん》を覚《おぼ》える。

水《みず》がそそがれるうちに、容器《ようき》の底《そこ》に見《み》えていた金《きん》のかけらは、姿《すがた》を消《け》した。

「わたしの魔力《まりょく》によって金《きん》が水《みず》に溶《と》け、『金《きん》の水《みず》』ができあがりました。この水《みず》は、金《きん》を作《つく》り出《だ》すことができる魔法《まほう》の水《みず》です」

錬金術師《れんきんじゅつし》はそう言《い》いながら、液体《えきたい》が入《はい》った耐熱容器《たいねつようき》に、スポイトで「金《きん》の水《みず》」を1滴《てき》たらす。そこに銅《どう》のコインを入《い》れ、カセットコンロで熱《ねっ》した。

すると、コインはきれいな銀色《ぎんいろ》に変《か》わる。

「ごらんのとおり、『金《きん》の水《みず》』を1滴《てき》たらし、熱《ねっ》しただけで、銅《どう》が銀《ぎん》に変《か》わりました。さて、ここからが最後《さいご》の仕上《しあ》げです」

錬金術師《れんきんじゅつし》は、銀色《ぎんいろ》に変《か》わったコインをピンセットでつまみ、ガスの火《ひ》であぶった。

すると、コインはあっという間《ま》に金色《きんいろ》に変《か》わり、まばゆい光《ひかり》を放《はな》ち始《はじ》めた。

「**金《きん》だ！**」

「銅《どう》が金《きん》に変《か》わったぞ！」

「まさか、こんなことが本当《ほんとう》にできるなんて……！」

人々《ひとびと》はざわめく。しかし、この〝錬金術《れんきんじゅつ》〟を疑《うたが》う者《もの》もいた。

「こんなもん、どうせインチキだろ。知《し》り合《あ》いの金《きん》の鑑定士《かんていし》から聞《き》いた話《はなし》では、金《きん》は磁石《じしゃく》にはくっつかないらしいぞ？」

ひとりの年配男性《ねんぱいだんせい》は、そう言《い》って磁石《じしゃく》を取《と》り出《だ》すと、それをコインに近《ちか》づける。

コインは、磁石《じしゃく》にはくっつかなかった。

「うむ……信《しん》じられん話《はなし》だが、こいつは本物《ほんもの》の金《きん》だ」

その言葉《ことば》に、人々《ひとびと》はうっとりする。錬金術師《れんきんじゅつし》は、満足《まんぞく》そうにほほえんで言《い》った。

「それでは、みなさん。お待《ま》ちかねのお時間《じかん》です。ここから先《さき》は、みなさんがお持《も》ちになった銅製品《どうせいひん》を、わたしの錬金術《れんきんじゅつ》で、金《きん》に変《か》えていきたいと思《おも》います」

「よっしゃ！　オレが一番乗《いちばんの》りだ！」

「いや、わたしよ！」

人々《ひとびと》は、我先《われさき》にと押《お》し合《あ》い、争《あらそ》いを始《はじ》める。

「まあまあ、お静《しず》かに。……では、まず、あなたから」

錬金術師《れんきんじゅつし》は、ひとりだけ争《あらそ》いに加《くわ》わらなかった長谷部《はせべ》を指名《しめい》した。

「わたしがメールで指定《してい》した『うすくて小《ちい》さな金製品《きんせいひん》』と『大《おお》きな銅製品《どうせいひん》』は、持《も》ってきていただけましたか？」

長谷部《はせべ》は「はい」とうなずき、ハマセンから借《か》りた金《きん》のブタのメダルと、家《いえ》から持《も》ってきた大《おお》きな銅《どう》のなべを取《と》り出《だ》し、錬金術師《れんきんじゅつし》に差《さ》し出《だ》す。

「金《きん》のメダルですね。では、これを使《つか》って『金《きん》の水《みず》』を作《つく》らせていただきます」

錬金術師《れんきんじゅつし》は、「エロイムエッサイム、エロイムエッサイム」と、呪文《じゅもん》をとなえながら、金《きん》のメダルが入《はい》った容器《ようき》に水《みず》をそそぐ。

水《みず》をそそぎ終《お》えたとき、金《きん》のメダルは容器《ようき》の中《なか》から消《き》えていた。

「ごらんのとおり、金《きん》のメダルは水《みず》に溶《と》け、『金《きん》の水《みず》』になりました」

「溶《と》けたって……それじゃ、ハマセ……浜田先生《はまだせんせい》のメダルはなくなっちゃったってこと!?」

がくぜんとする健太《けんた》をよそに、錬金術師《れんきんじゅつし》は淡々《たんたん》と作業《さぎょう》を続《つづ》ける。

長谷部《はせべ》が持参《じさん》した銅《どう》のなべを、『金《きん》の水《みず》』を一滴《いってき》たらした液体《えきたい》に浸《ひた》して熱《ねっ》すると、なべは銀色《ぎんいろ》に変《か》わり、それを火《ひ》であぶると、まばゆいばかりの金色《きんいろ》のなべに変《か》わった。

「金《きん》だ!! 見《み》ろ、健太《けんた》くん!! これだけ大《おお》きな金《きん》があれば、借《か》りたメダルの2倍《ばい》、いや、3倍《ばい》大《おお》きなメダルを浜田《はまだ》に買《か》ってやれるぞ!!」

黄金《おうごん》のなべを手《て》に、長谷部《はせべ》は興奮《こうふん》したようすで叫《さけ》ぶ。

健太《けんた》は、なんだか悲《かな》しくなり、思《おも》わずつぶやいた。

「でも、浜田先生《はまだせんせい》は、あのメダルを『テツばっちゃんの台湾土産《たいわんみやげ》』って言《い》ってたんだ。お金《かね》には代《か》えられない、大切《たいせつ》な宝物《たからもの》だったはずだよ?」

健太《けんた》の言葉《ことば》に、長谷部《はせべ》はハッと顔《かお》をこわばらせる。

そのとき、錬金術師《れんきんじゅつし》が健太《けんた》に顔《かお》を近《ちか》づけてきて、その耳元《みみもと》でささやいた。

「ぼうや、この世《よ》に、お金《かね》に代《か》えられない宝物《たからもの》なんてないんだ。どんな思《おも》い出《で》よりも、お金《かね》が勝《まさ》る。人《ひと》を裏切《うらぎ》ってでも、手《て》に入《い》れたい。人間《にんげん》の本質《ほんしつ》とは、そういうものなんだよ」

錬金術師《れんきんじゅつし》はニヤリとほほえみ、ほんの一瞬《いっしゅん》、緑《みどり》の色《いろ》メガネをはずす。

健太《けんた》は「アッ！」と、息《いき》をのんだ。

さっきまで黒《くろ》かった錬金術師《れんきんじゅつし》の目《め》が、赤《あか》く変《か》わっていたのだ。

この世《よ》のものとは思《おも》えない姿《すがた》を目《め》にした健太《けんた》は、恐怖《きょうふ》に我《われ》を忘《わす》れ、悲鳴《ひめい》をあげる。そして、思《おも》わず走《はし》りだした。

「ぼうや、魔法陣《まほうじん》の外《そと》に出《で》てしまったね」


「えっ⁉」


錬金術師《れんきんじゅつし》の声《こえ》に振《ふ》り返《かえ》った健太《けんた》は、自分《じぶん》が魔法陣《まほうじん》の円《えん》から大《おお》きくはみ出《だ》していることに気《き》づく。

「あれほど言《い》ったのに……約束《やくそく》を守《まも》ってくれなくて残念《ざんねん》だ。気《き》の毒《どく》だけど、きみの命《いのち》は、もってあと数日《すうじつ》――」

「あと数日《すうじつ》⁉」

「いけにえに定《さだ》められた人間《にんげん》が、悪魔《あくま》から逃《のが》れられる方法《ほうほう》はない」

「そんなっ……そんなっ……!!」

健太《けんた》は、泣《な》き叫《さけ》びながら、倉庫《そうこ》を飛《と》び出《だ》していった。

●

「真実《しんじつ》くん……助《たす》けて……」

図書館《としょかん》にいた真実《しんじつ》のもとに、健太《けんた》は走《はし》り疲《つか》れて、ふらふらになってやってきた。

「ぼくは死《し》ぬんだ……錬金術《れんきんじゅつ》の最中《さいちゅう》に魔法陣《まほうじん》の外《そと》に出《で》てしまったから……。悪魔《あくま》がぼくを殺《ころ》しにくる……」

健太《けんた》は、ぽろぽろと涙《なみだ》を流《なが》す。

「健太《けんた》くん、どうか落《お》ち着《つ》いて。何《なに》があったのか、最初《さいしょ》から順《じゅん》を追《お》って、ぼくに話《はな》してごらん」

真実《しんじつ》にやさしく促《うなが》され、健太《けんた》は起《お》きた出来事《できごと》を、つぶさに真実《しんじつ》に話《はな》した。

「……なるほどね」

話《はな》を聞《き》き終《お》え、真実《しんじつ》はほほえむ。

「健太《けんた》くん、大丈夫《だいじょうぶ》だよ。その錬金術《れんきんじゅつ》は、ただのトリックさ」

「えっ!?」

「それと同《おな》じことなら、ぼくにだってできる。科学《かがく》の力《ちから》でね」

真実《しんじつ》はそう言《い》うと、健太《けんた》を学校《がっこう》の理科室《りかしつ》に連《つ》れていった。

「錬金術師《れんきんじゅつし》が銅《どう》を金《きん》に変《か》えるために使《つか》ったのは、水酸化《すいさんか》ナトリウム水溶液《すいようえき》に亜鉛《あえん》を混《ま》ぜた、この液《えき》だ」

理科《りか》クラブ顧問《こもん》の大前先生《おおまえせんせい》から特別《とくべつ》に許可《きょか》をもらって借《か》りてきた化学薬品《かがくやくひん》のビンを示《しめ》しながら、真実《しんじつ》は健太《けんた》に言《い》う。

「この水溶液《すいようえき》に銅《どう》を入《い》れて熱《ねっ》すると、銅《どう》の表面《ひょうめん》に亜鉛《あえん》がついて銀色《ぎんいろ》に変《か》わる」

真実《しんじつ》は、銅《どう》のコインを水溶液《すいようえき》に入《い》れて熱《ねっ》した。健太《けんた》は、思《おも》わず叫《さけ》ぶ。

「銅《どう》が銀色《ぎんいろ》になった！　錬金術師《れんきんじゅつし》がやったときと同《おな》じだ！」

「そう。そして、この銀色《ぎんいろ》になったコインを火《ひ》であぶると、表面《ひょうめん》の亜鉛《あえん》が銅《どう》と溶《と》け合《あ》って『黄銅《おうどう》』になるんだ」

真実《しんじつ》は、コインを火《ひ》であぶる。

銅《どう》を「銀色《ぎんいろ》」や「金色《きんいろ》」に変《か》える

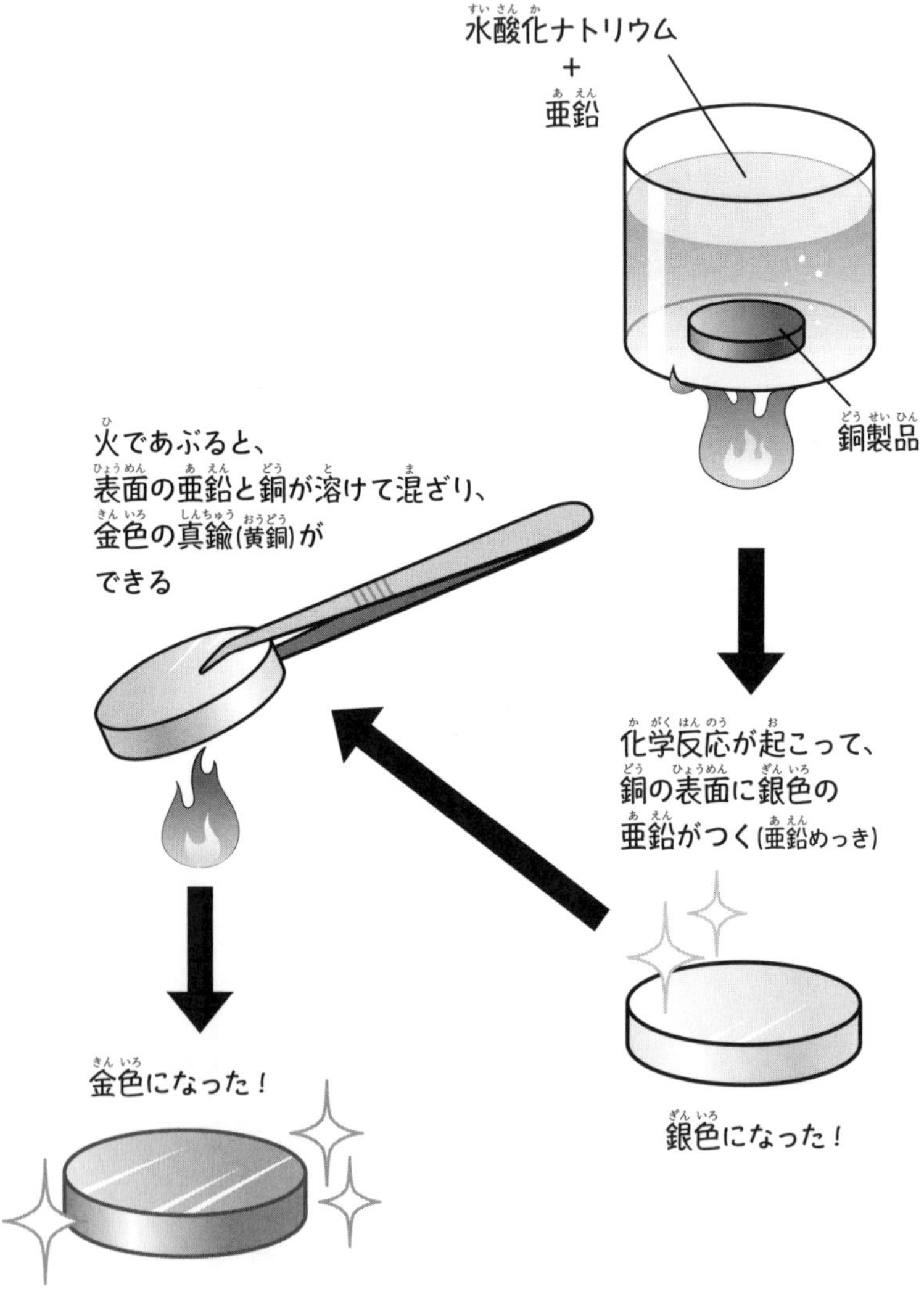
水酸化《すいさんか》ナトリウム
+
亜鉛《あえん》
銅製品《どうせいひん》
火《ひ》であぶると、
表面《ひょうめん》の亜鉛《あえん》と銅《どう》が溶《と》けて混《ま》ざり、
金色《きんいろ》の真鍮《しんちゅう》(黄銅《おうどう》)が
できる
化学反応《かがくはんのう》が起《お》こって、
銅《どう》の表面《ひょうめん》に銀色《ぎんいろ》の
亜鉛《あえん》がつく(亜鉛《あえん》めっき)
銀色《ぎんいろ》になった！
金色《きんいろ》になった！

すると、それはたちまち、まばゆいばかりの金色《きんいろ》に変化《へんか》した。

「金《きん》になった!! あ、でも、黄銅《おうどう》ってことは……本物《ほんもの》の金《きん》じゃないってことだよね!?」

「もちろん、黄銅《おうどう》は金《きん》ではない。一般的《いっぱんてき》に『真鍮《しんちゅう》』と呼《よ》ばれるものさ。加工《かこう》しやすいので、生活《せいかつ》のさまざまなものに使《つか》われている。五円玉《ごえんだま》やトランペットも、この黄銅《おうどう》から作《つく》られてるんだ。中世《ちゅうせい》ヨーロッパの錬金術師《れんきんじゅつし》が作《つく》っていたものも、実《じつ》は金《きん》ではなく、黄銅《おうどう》だったと言《い》われている」

「つまり、あの錬金術《れんきんじゅつ》はインチキだから、ぼくが悪魔《あくま》に命《いのち》をねらわれる心配《しんぱい》はないってことだよね?」

健太《けんた》は、ほっと胸《むね》をなでおろす。しかし、疑問《ぎもん》はまだあった。

「錬金術師《れんきんじゅつし》は、はじめに『金《きん》の水《みず》』を作《つく》るといって、ハマセンの金《きん》のブタのメダルを水《みず》に溶《と》かしてみせたんだ。それって、どんなトリックなの?」

「その答《こた》えも、ぼくにはもうわかっているさ。健太《けんた》くん、行《い》こう」

真実《しんじつ》は健太《けんた》をうながし、連《つ》れ立《だ》って理科室《りかしつ》を出《で》た。

ふたりがやってきたのは、錬金術《れんきんじゅつ》が行《おこな》われていた倉庫《そうこ》だった。

ほかの参加者《さんかしゃ》たちの姿《すがた》はなかったが、長谷部《はせべ》だけはその場《ば》に残《のこ》っていた。

「どうか……どうかお願《ねが》いします！　金《きん》のメダルをもとに戻《もど》してください！　あれは親友《しんゆう》がおばあちゃんからもらった大切《たいせつ》な品《しな》で……お金《かね》には代《か》えられないんです！」

長谷部《はせべ》は錬金術師《れんきんじゅつし》にすがり、懇願《こんがん》していた。

「残念《ざんねん》ですが、あのメダルはもう溶《と》けてしまいました。もとに戻《もど》すことはで

きません」

錬金術師《れんきんじゅつし》は冷《つめ》たく言《い》い放《はな》つ。

「いや、メダルはちゃんとあるはずです」

真実《しんじつ》はそう言《い》うと、錬金術師《れんきんじゅつし》の前《まえ》に歩《あゆ》み出《で》た。

「金《きん》は、『王水《おうすい》』と呼《よ》ばれる液体《えきたい》にしか溶《と》けません。しかも、固体《こたい》だと溶《と》け

王水《おうすい》
濃塩酸《のうえんさん》と濃硝酸《のうしょうさん》を3対《たい》1（体積比《たいせきひ》）で混《ま》ぜてできる液体《えきたい》。ほとんどの金属《きんぞく》を溶《と》かすことができるので、この名《な》がついた。

るまでに数日《すうじつ》かかる。一瞬《いっしゅん》で水《みず》に溶《と》けるなんてありえないんです」

「だから、わたしは魔力《まりょく》によって、あのメダルを水《みず》に溶《と》かしたんだよ」

錬金術師《れんきんじゅつし》は言《い》い返《かえ》したが、真実《しんじつ》は毅然《きぜん》とした態度《たいど》を崩《くず》さなかった。

「科学《かがく》で解《と》けないナゾはない。あなたは『メダルを水《みず》に溶《と》かした』と言《い》っているが、実際《じっさい》にはある方法《ほうほう》を使《つか》って、『見《み》えなくした』だけだ。その方法《ほうほう》とは——」

水《みず》が入《はい》る前《まえ》も入《はい》ったあとも、メダルは同《おな》じ場所《ばしょ》にあった。
それは、どこだろう。

解《かい》決《けつ》編《へん》

「あなたが使《つか》ったのは魔術《まじゅつ》ではなく、『全反射《ぜんはんしゃ》』を利用《りよう》した科学《かがく》トリックですよね？」

「全《ぜん》反《はん》射《しゃ》⁉」

健《けん》太《た》と長谷部《はせべ》は、目《め》をパチクリさせた。真実《しんじつ》は続《つづ》ける。

「あなたは、ガラスの容器《ようき》にメダルを入《い》れたと見《み》せかけていたが、実《じつ》は容器《ようき》の下《した》に置《お》いただけだったんですよね？　容器《ようき》の下《した》にあるメダルは、通常《つうじょう》の状態《じょうたい》なら、ガラス越《ご》しに目《め》で見《み》ることができる。しかし、容器《ようき》に水《みず》をそそぐと、『全反射《ぜんはんしゃ》』と呼《よ》ばれる現象《げんしょう》が起《お》き、容器《ようき》の底《そこ》が鏡《かがみ》のようになって、光《ひかり》をすべて反射《はんしゃ》してしまいます。メダルが見《み》えなくなったのは、そのためです」

真実《しんじつ》は、ガラス容器《ようき》の下《した》にコインを置《お》き、水《みず》をそそいで実演《じつえん》してみせた。

コインは、見事《みごと》なまでに、消《き》えて見《み》えなくなった。

「あなたはここに集《あつ》まった人《ひと》たちに、魔法陣《まほうじん》の中《なか》にいるように言《い》いました。その理由《りゆう》は、近《ちか》づいて真上《まうえ》から見《み》れば、全反射《ぜんはんしゃ》は起《お》こらず、ガラス容器《ようき》の下《した》にあるメダルが見《み》えてしまうからです」

全反射《ぜんはんしゃ》とは？

通常《つうじょう》の光《ひかり》の進《すす》み方《かた》

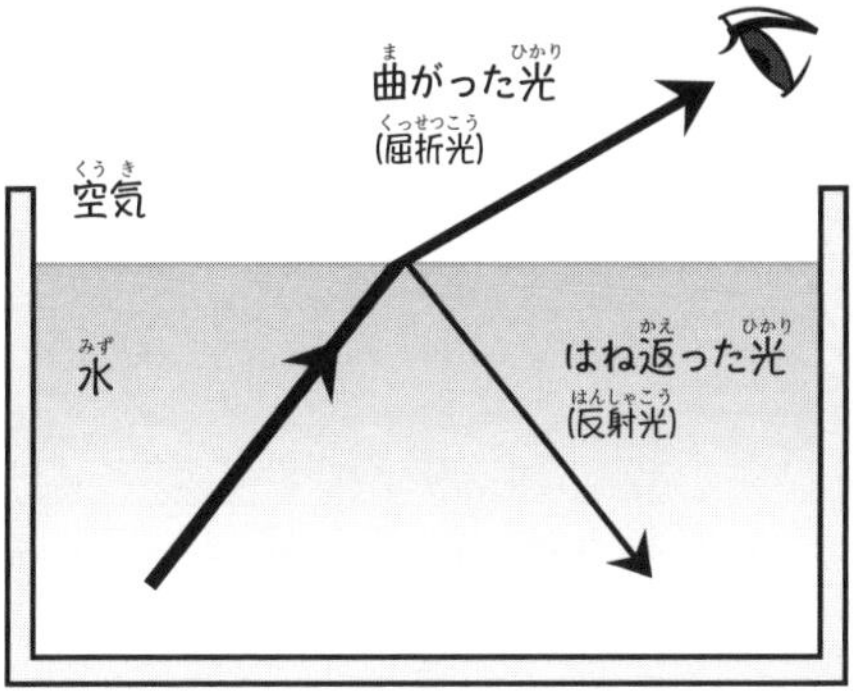

光《ひかり》が、違《ちが》う物質《ぶっしつ》
(水《みず》と空気《くうき》など)の
境目《さかいめ》を進《すす》むとき、
一部《いちぶ》ははね返《かえ》り、
一部《いちぶ》は少《すこ》し曲《ま》がって進《すす》む

↓

曲《ま》がった光《ひかり》は見《み》える

全反射《ぜんはんしゃ》の光《ひかり》の進《すす》み方《かた》

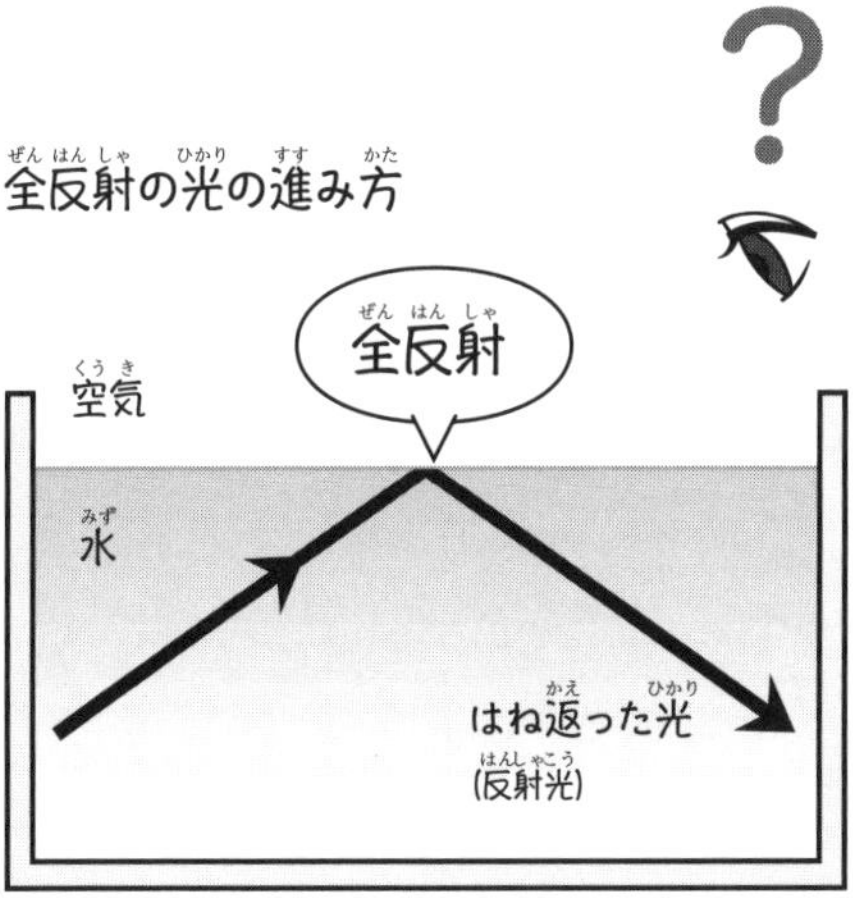

ある角度《かくど》を超《こ》えると、
すべての光《ひかり》がはね返《かえ》り、
外《そと》に出《で》ていかなくなる

↓

見《み》えなくなる

真実《しんじつ》にここまで見抜《みぬ》かれて、錬金術師《れんきんじゅつし》は無言《むごん》になった。すると、長谷部《はせべ》が息巻《いきま》く。

「じゃあ、浜田《はまだ》のメダルは溶《と》けたんじゃなくて、見《み》えなくなっただけなんだな!? そうとわかれば話《はなし》は早《はや》い！ さあ、あのメダルを、今《いま》すぐ返《かえ》してもらおうか！」

そこに、錬金術師《れんきんじゅつし》にだまされたと気《き》づいたほかの人々《ひとびと》も戻《もど》ってきた。

「さっき、あんたが錬金術《れんきんじゅつ》で金《きん》に変《か》えたと言《い》っていたこのケトル、宝石店《ほうせきてん》に持《も》っていったら、『金《きん》ではない、黄銅《おうどう》だ』って言《い》われたぞ!?」

「よくもだましやがったな！」

「オレたちから奪《うば》った金製品《きんせいひん》を返《かえ》せ！」

人々《ひとびと》は怒《いか》りのこぶしを振《ふ》りあげ、叫《さけ》んだ。

「いいでしょう。金製品《きんせいひん》はお返《かえ》ししますよ」

形勢不利《けいせいふり》と悟《さと》ったのか、錬金術師《れんきんじゅつし》はあっさり金製品《きんせいひん》を長谷部《はせべ》と人々《ひとびと》に返《かえ》す。

「わたしは、もともとカネにも金《きん》にも興味《きょうみ》はないんです。わたしの目的《もくてき》はただひとつ、みなさんに〝錬金術《れんきんじゅつ》〟を伝授《でんじゅ》すること――」

メダルが見《み》えなくなるしくみ

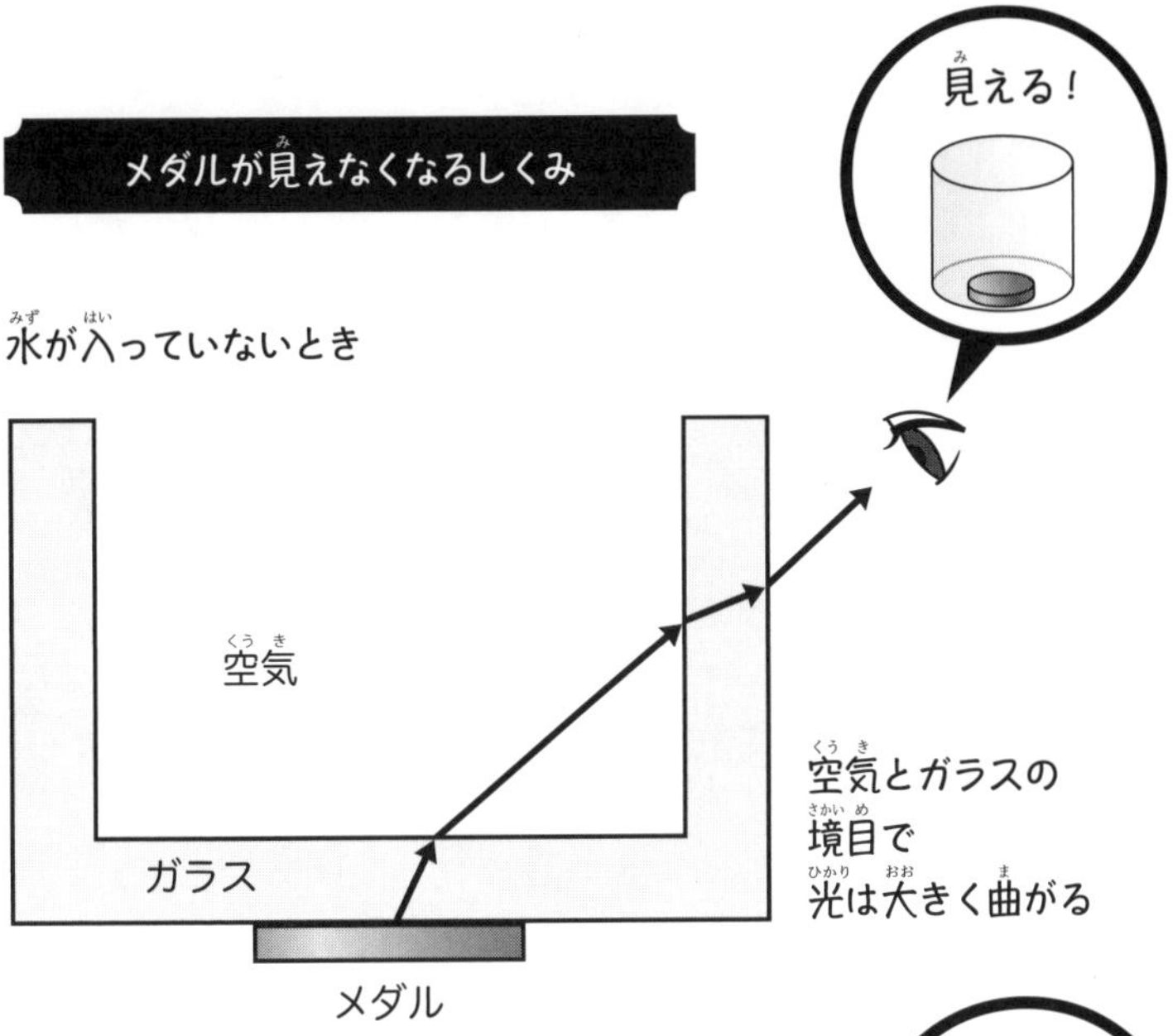
見《み》える！
水《みず》が入《はい》っていないとき
空気《くうき》
ガラス
メダル
空気《くうき》とガラスの
境目《さかいめ》で
光《ひかり》は大《おお》きく曲《ま》がる

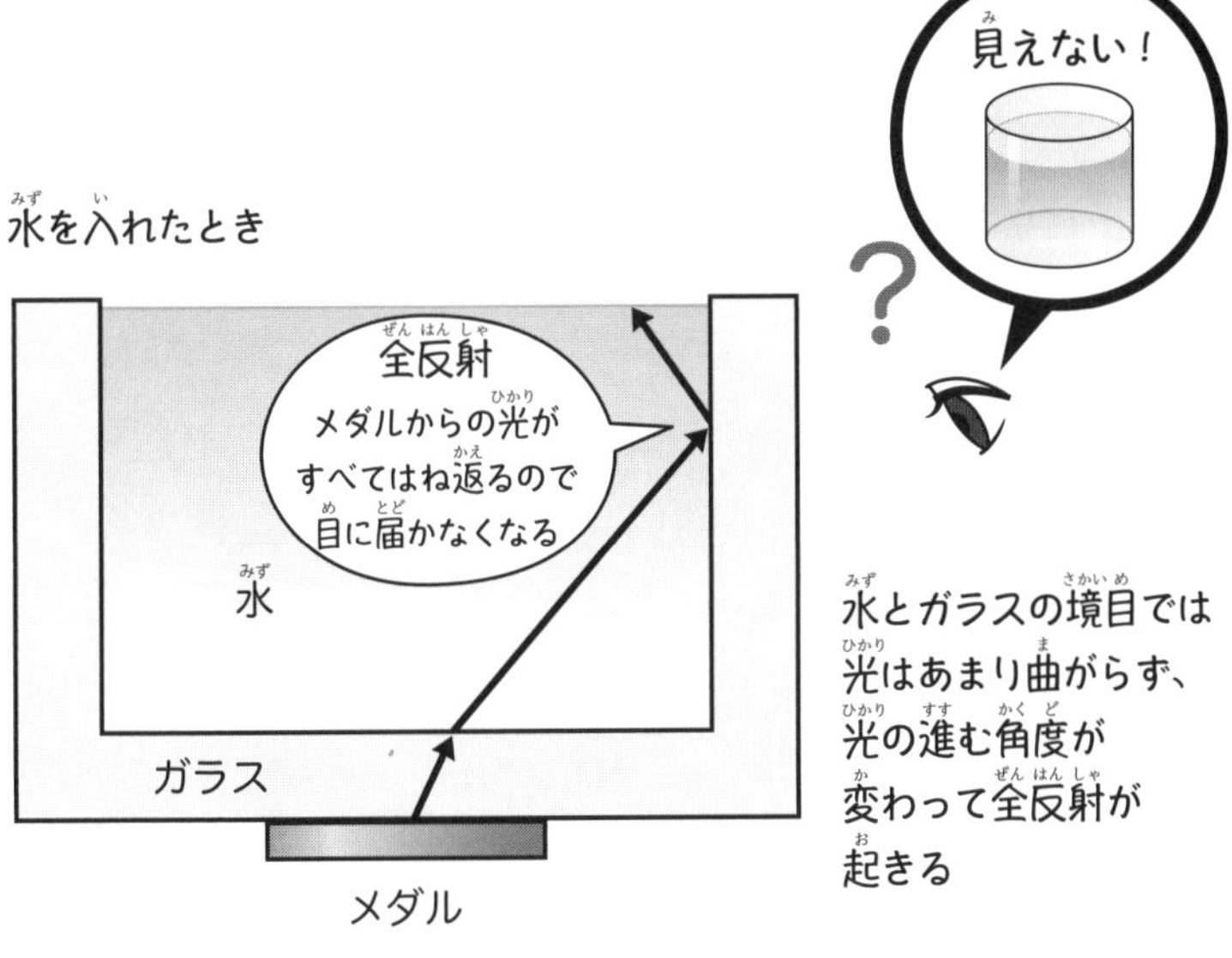
見《み》えない！
水《みず》を入《い》れたとき
全反射《ぜんはんしゃ》
メダルからの光《ひかり》が
すべてはね返《かえ》るので
目《め》に届《とど》かなくなる
水《みず》
ガラス
メダル
水《みず》とガラスの境目《さかいめ》では
光《ひかり》はあまり曲《ま》がらず、
光《ひかり》の進《すす》む角度《かくど》が
変《か》わって全反射《ぜんはんしゃ》が
起《お》きる

キョトンとする一同《いちどう》に、錬金術師《れんきんじゅつし》はニヤリとほほえみ、言《い》った。

「まだ、お気《き》づきになりませんか？　わたしのやり方《かた》をまねて、みなさんが他人《たにん》をだまし、お金儲《かねもう》けをすれば、あっという間《ま》に億万長者《おくまんちょうじゃ》になれるということに――」

「なるほど……あんたが言《い》う〝錬金術《れんきんじゅつ》〟ってのは、そういうことだったのか」

人々《ひとびと》は、納得《なっとく》したようすを見《み》せる。すると、錬金術師《れんきんじゅつし》はさらに言《い》った。

「わたしの〝錬金術《れんきんじゅつ》〟に興味《きょうみ》がある方《かた》は、連絡先《れんらくさき》を交換《こうかん》しませんか？　今度《こんど》、あらためてその件《けん》について、お話《はな》しさせていただきましょう」

すると、何人《なんにん》かの人々《ひとびと》が、スマホを手《て》に錬金術師《れんきんじゅつし》の前《まえ》に並《なら》びだした。

「ねえ、待《ま》って！　人《ひと》をだましてお金《かね》を儲《もう》けるなんて、間違《まちが》ってるよ！」

健太《けんた》は必死《ひっし》に止《と》めようとしたが、人々《ひとびと》は聞《き》く耳《みみ》を持《も》たなかった。

錬金術師《れんきんじゅつし》と連絡先《れんらくさき》を交換《こうかん》すると、ホクホクしたようすで帰《かえ》っていく。

「どうやら、わたしの勝《か》ちのようですね」

そんな錬金術師《れんきんじゅつし》に、真実《しんじつ》は射《い》るようなまなざしを向《む》けた。

「なるほどね。あなたのやり方《かた》はよくわかったよ、カオス」

「カオス!? もしかして、あの脱獄犯《だつごくはん》の……？」

長谷部《はせべ》はつぶやく。

一方《いっぽう》、健太《けんた》は「やっぱり、そうだったのか」と、納得《なっとく》した。錬金術師《れんきんじゅつし》がカオスと同《おな》じ呪文《じゅもん》をとなえだしたあたりから、ひょっとしたら……と、健太《けんた》も疑《うたが》っていたのだった。

「そう。彼《かれ》の名《な》は黒月香王巣《くろづきかおす》。刑務所《けいむしょ》から脱走《だっそう》して指名手配《しめいてはい》を受《う》けている、あのカオスです」

真実《しんじつ》に正体《しょうたい》を暴《あば》かれた錬金術師《れんきんじゅつし》――もとい、カオスは、いつの間《ま》にか頭巾《ずきん》のついた黒《くろ》いローブをはおっていた。その姿《すがた》は、健太《けんた》が森《もり》で見《み》たカオスそのものだった。

「いかにも。わが名《な》はカオス。〝混沌《こんとん》〟をこの手《て》で作《つく》り出《だ》す男《おとこ》――。今日《きょう》は、いいものを見《み》せてもらったよ。金《かね》に目《め》がくらみ、一喜一憂《いっきいちゆう》する人間《にんげん》の姿《すがた》ほど、醜《みにく》くも美《うつく》しいものはないからね」

そんなカオスを、真実《しんじつ》は鋭《するど》い目《め》で見《み》すえたまま、低《ひく》い声《こえ》でつぶやく。

「カオス、あなたの目的《もくてき》はなんだ？　過去《かこ》に学生《がくせい》たちをあやつって犯罪《はんざい》に走《はし》らせたのも、ただただ、人《ひと》の心《こころ》の醜《みにく》さをあぶり出《だ》すためなのか？」

「そのとおりだよ。人間《にんげん》とは、そもそも悪《あく》だ。たとえば、そちらのぼうや……宮下健太《みやしたけんた》くんといったっけ？　純粋無垢《じゅんすいむく》を絵《え》に描《か》いたようなきみの心《こころ》の中《なか》にも、悪魔《あくま》はひそんでいる。それをあぶり出《だ》すことこそが、わたしの極上《ごくじょう》の楽《たの》しみなんだよ」

カオスは言《い》い終《お》わると、緑《みどり》の色眼鏡《いろめがね》をはずす。眼鏡《めがね》の下《した》から現《あらわ》れたのは、この世《よ》の人間《にんげん》とは思《おも》えない、赤《あか》い目《め》だった。健太《けんた》は、ぞっとしてすくみあがる。

「あの目《め》……カオスは、ただの人間《にんげん》じゃない、悪魔《あくま》がとりついてるんだ！」

「健太《けんた》くん、あれはカラーコンタクトレンズだよ。彼《かれ》は赤《あか》いコンタクトをした目《め》に、緑《みどり》の色《いろ》メガネをかけていただけだ。緑色《みどりいろ》のフィルターを通《とお》して見《み》ると、赤《あか》い色《いろ》は黒《くろ》く見《み》える。健太《けんた》くんも、知《し》ってるはずだろ？」

真実《しんじつ》に言《い》われて、健太《けんた》は過去《かこ》に起《お》きた「血《ち》ぬりの仏像消失事件《ぶつぞうしょうしつじけん》」のことを思《おも》い出《だ》す。

「……そうか。落《お》ち着《つ》いて考《かんが》えれば、カオスがやっていることはぜんぶ、ただのトリックな

血《ち》ぬりの仏像消失事件《ぶつぞうしょうしつじけん》
『科学探偵怪奇事件《かがくたんていかいきじけん》ファイル　襲来《しゅうらい》！宇宙人《うちゅうじん》の謎《なぞ》』で、真実《しんじつ》たちが解決《かいけつ》した事件《じけん》。

んだね」

健太《けんた》のつぶやきを耳《みみ》にしたカオスは、憎《にく》しみのこもった目《め》で真実《しんじつ》を見《み》た。

「謎野真実《なぞのしんじつ》。またしてもきみは、わたしのじゃまをしてくれたね。この報《むく》いは、必《かなら》ず受《う》けてもらうよ。大切《たいせつ》なものを失《うしな》うという形《かたち》で――」

意味深《いみしん》な言葉《ことば》を言《い》い放《はな》つと、カオスは身《み》をひるがえし、倉庫《そうこ》の裏口《うらぐち》に向《む》かって走《はし》りだした。

「逃《に》がすか！　やつを捕《つか》まえて、警察《けいさつ》に突《つ》き出《だ》してやる！」

長谷部《はせべ》は、カオスを追《お》いかけていく。真実《しんじつ》と健太《けんた》も、あとに続《つづ》いた。

倉庫《そうこ》の裏口《うらぐち》を出《で》たところで、長谷部《はせべ》は頭巾《ずきん》をかぶったローブ姿《すがた》の人物《じんぶつ》にタックルをかけた。

「捕《つか》まえた!!」

しかし、頭巾《ずきん》を取《と》って、その顔《かお》をよく見《み》ると……相手《あいて》は女性《じょせい》だった。

女性《じょせい》は「黒頭巾《くろずきん》のついたローブ姿《すがた》で町《まち》を歩《ある》けば、運命《うんめい》の相手《あいて》に出会《であ》える」という、アプリ「恋魔界《こいまかい》」のお告《つ》げに従《したが》い、その格好《かっこう》で町《まち》を歩《ある》いていたという。

ハイテンション・アガルにアプリの正体《しょうたい》を拡散《かくさん》してもらっても、まだまだアプリにハマる人《ひと》の数《かず》は減《へ》らないらしい。

よく見《み》ると、繁華街《はんかがい》の表通《おもてどお》りは、同《おな》じ服装《ふくそう》をした人々《ひとびと》であふれていた。

真実《しんじつ》はつぶやく。

「……そうか。カオスが黒頭巾《くろずきん》にローブという目立《めだ》つ格好《かっこう》で町《まち》に出没《しゅつぼつ》し、自分《じぶん》の姿《すがた》を印象《いんしょう》づけていたのは、アプリで洗脳《せんのう》した人々《ひとびと》にも同《おな》じ服装《ふくそう》で町《まち》を歩《ある》かせ、警察《けいさつ》の捜査《そうさ》をかき乱《みだ》すためだったんだな」

しかし、気《き》づいたときには、遅《おそ》かった。

カオスは黒頭巾《くろずきん》を隠《かく》れみのに、すでに逃《に》げおおせていたのだった。

●

それから数日《すうじつ》経《た》ったある日《ひ》、健太《けんた》と真実《しんじつ》はハマセンを通《とお》して、長谷部《はせべ》のその後《ご》を知《し》った。長谷部《はせべ》は刑事《けいじ》ドラマのオーディションを受《う》け、小《ちい》さい役《やく》ながら、レギュラー出演《しゅつえん》が決《き》まったという。

「……よかった。俳優《はいゆう》の夢《ゆめ》をあきらめずにすんだんだね」

健太《けんた》はうれしくなり、晴《は》れ渡《わた》った空《そら》を見上《みあ》げる。

しかし、カオスは、いまだ警察《けいさつ》にも捕《つか》まらず、どこかに潜伏《せんぷく》しているようだ。

そのことを考《かんが》えると、真実《しんじつ》の気持《きも》ちは晴《は》れなかった。

2

SCIENCE TRICK DATA FILE

科学《かがく》トリック データファイル

知《し》ってる？金《きん》のヒミツ

古《こ》代《だい》エジプトの王《おう》・ツタンカーメンの顔《かお》をかたどったとされる「黄金《おうごん》のマスク」など、古《ふる》い遺跡《いせき》から金製《きんせい》のものはたくさん見《み》つかっています。太古《たいこ》の昔《むかし》から現在《げんざい》まで、金《きん》はとても価値《かち》が高《たか》いものとされてきました。その理由《りゆう》にもなってきた金《きん》の性《せい》質《しつ》をいくつか紹介《しょうかい》します。

金《きん》にはこんな性質《せいしつ》がある！

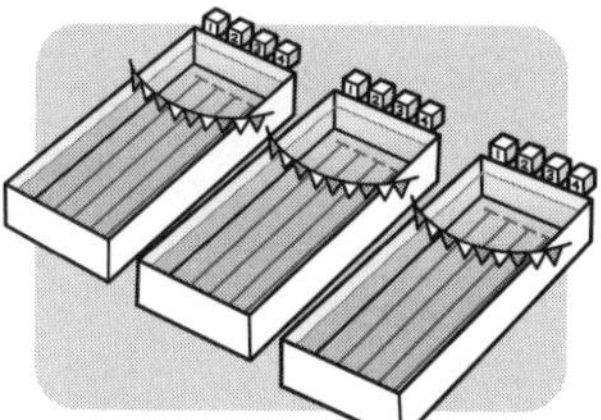

①貴重《きちょう》

金《きん》は量《りょう》が少《すく》なく、既《すで》に50mプール3杯分《ばいぶん》（約《やく》17万《まん》トン）以上《いじょう》が採掘《さいくつ》され、あと1杯分《ばいぶん》しか残《のこ》っていない。

ずっしり…
GOLD

②重《おも》い

金《きん》の重《おも》さは1cm^3あたり19.3g。同《おな》じ大《おお》きさの水《みず》は1g、鉄《てつ》が7.9g、銀《ぎん》が10.5gなので、ほかの物質《ぶっしつ》と比《くら》べてもとても重《おも》い。

GOL
GOLD

③やわらかい

純金《じゅんきん》はほかの金属《きんぞく》に比《くら》べるとやわらかく、かたい物《もの》でたたいたり引《ひ》っ張《ぱ》ったりすると形《かたち》を変《か》えられる。

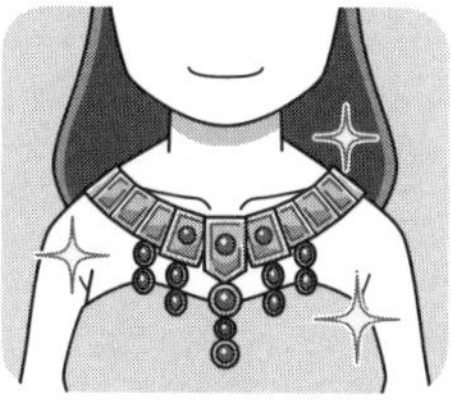

④さびにくい

金属《きんぞく》が酸素《さんそ》と結《むす》びつくことを「さびる」という。金《きん》は酸素《さんそ》と結《むす》びつきにくい性質《せいしつ》があり、長《なが》い時間《じかん》がたってもさびにくい。

欲《ほ》しい人《ひと》の数《かず》と
モノの量《りょう》で
価値《かち》が決《き》まる
こともあるよ

賢《けん》者《じゃ》の石《いし》と20人《にん》の生《いけ》贄《にえ》

不死身《ふじみ》の黒《くろ》魔《ま》術《じゅつ》師《し》3

「へえ、くだもの狩《が》りツアーなんてあるんだね」

ある日《ひ》。真実《しんじつ》は健太《けんた》と道路《どうろ》を歩《ある》いていた。駅前《えきまえ》にある書店《しょてん》に行《い》こうとしていたのだ。

「今度《こんど》の祝日《しゅくじつ》に地区《ちく》の子《こ》ども会《かい》のバスツアーがあるんだ。1日《にち》で5か所《しょ》も回《まわ》る、くだもの狩《が》りのスタンプラリーツアーなんだよ」

健太《けんた》はそう言《い》って、カードを見《み》せた。

カードにはスタンプを押《お》す枠《わく》が描《えが》かれていて、くだもの狩《が》りを1か所行《しょおこな》うごとにひとつのスタンプを押《お》すようだ。

「1日《にち》で5か所《しょ》も行《い》くなんて、けっこうハードスケジュールだね」

「うん。だけど5種類《しゅるい》もくだものを食《た》べられるから、すごく楽《たの》しみなんだ。真実《しんじつ》くんともくだもの狩《が》りに行《い》きたいなぁ」

「ぼくは、健太《けんた》くんとは住《す》んでいる地区《ちく》が違《ちが》うからツアーには参加《さんか》できないよ」

「いつか一緒《いっしょ》に行《い》こうよ。きっと楽《たの》しいと思《おも》うよ！」

健太《けんた》はそう言《い》ってニッコリと笑《わら》った。

「**あれ?**」

ふと、健太《けんた》は前方《ぜんぽう》の病院《びょういん》から出《で》てきたショートカットの女《おんな》の子《こ》に目《め》を留《と》めた。

「あの子《こ》はたしか……」

美希《みき》と同《おな》じクラスの三田千秋《みたちあき》だ。

千秋《ちあき》は肩《かた》を落《お》としながら、大通《おおどお》りのほうへと歩《ある》いていく。

「どうしたんだろう?」

「誰《だれ》かが入院《にゅういん》しているんじゃないのかな?」

真実《しんじつ》は病院《びょういん》を見《み》ながら言《い》う。どうやら千秋《ちあき》はお見舞《みま》いに訪《おとず》れていたようだ。

「そっかあ。なんだか元気《げんき》がなかったね」

健太《けんた》は、千秋《ちあき》が落《お》ち込《こ》んでいるように見《み》えて、心配《しんぱい》そうに言《い》った。

「それはたぶん、千秋《ちあき》ちゃん、お母《かあ》さんのお見舞《みま》いに行《い》ってたんだと思《おも》うわ」

翌日《よくじつ》。真実《しんじつ》と健太《けんた》は、学校《がっこう》の渡《わた》り廊下《ろうか》で美希《みき》と話《はなし》をしていた。

美希《みき》は千秋《ちあき》と仲《なか》がよく、彼女《かのじょ》のことをくわしく知《し》っていたのだ。

千秋《ちあき》の母親《ははおや》は病気《びょうき》なのだという。

その病気《びょうき》が悪化《あっか》して、入院《にゅういん》することになったらしい。

「そうだったんだね」

「千秋《ちあき》ちゃん、今日《きょう》は朝《あさ》からずっと元気《げんき》なかったわ」

美希《みき》も健太《けんた》と同《おな》じように、千秋《ちあき》のことを心配《しんぱい》に思《おも》っていた。

すると、健太《けんた》が何《なに》かを思《おも》いつき、口《くち》を開《ひら》いた。

「そうだ。千秋《ちあき》ちゃんに、いいお土産《みやげ》を渡《わた》せるかも」

「お土産《みやげ》ってなあに？」

「今度《こんど》行《い》くくだもの狩《が》りツアーの果樹園《かじゅえん》のそばに、有名《ゆうめい》な神社《じんじゃ》があるんだ。そこのお守《まも》りをもらってこようかと思《おも》って」

「くだもの狩《が》り？　ああ、子《こ》ども会《かい》のバスツアーね」

美希《みき》は健太《けんた》と同《おな》じ地区《ちく》だが、当日《とうじつ》は学校新聞《がっこうしんぶん》の取材《しゅざい》があるため今回《こんかい》は参加《さんか》していなかった。

「お守《まも》りがあれば、千秋《ちあき》ちゃんも少《すこ》しは元気《げんき》になれると思《おも》うんだ」

「ええ、きっと喜《よろこ》んでくれると思《おも》うわ」

盛《も》り上《あ》がるふたりを見《み》て、真実《しんじつ》はやさしく笑《え》みを浮《う》かべた。

一方《いっぽう》、千秋《ちあき》は、ひとり教室《きょうしつ》の自分《じぶん》の席《せき》でうつむいていた。

（このままじゃ、お母《かあ》さんが……）

千秋《ちあき》の母親《ははおや》は、健太《けんた》たちが思《おも》っている以上《いじょう》に体調《たいちょう》が悪《わる》かったのだ。


放課後《ほうかご》。

家《いえ》に帰《かえ》ってきた千秋《ちあき》は、しんと静《しず》まり返《かえ》ったリビングを見《み》て、暗《くら》い表情《ひょうじょう》になった。

学校《がっこう》から帰《かえ》ってくると、いつも母親《ははおや》がいた。それが普通《ふつう》だと思《おも》っていた。

（だけど、そういうのって普通《ふつう》じゃないんだね……）

千秋《ちあき》は小《ちい》さなため息《いき》をついた。

ブウウ　ブウウ

家族用《かぞくよう》のスマホが震《ふる》えた。画面《がめん》を見《み》ると、父親《ちちおや》からのメッセージだった。

『学校《がっこう》から帰《かえ》ってきたかい？
今日《きょう》も残業《ざんぎょう》になってしまってごめんね』

父親《ちちおや》は、仕事《しごと》が忙《いそが》しく、いつも家《いえ》に帰《かえ》ってくるのが遅《おそ》かった。

（ひとりで夕《ゆう》ごはん食《た》べなくちゃいけないんだね……）

千秋《ちあき》は寂《さび》しさで目《め》に涙《なみだ》を浮《う》かべながら、スマホをテーブルに置《お》こうとした。

ブゥウ　ブゥウ

そのとき、またスマホが震《ふる》えた。千秋《ちあき》は父親《ちちおや》から新《あたら》しいメッセージが届《とど》いたのかと思《おも》って画面《がめん》を

見《み》たが、そうではなかった。

電話《でんわ》がかかってきたのだ。画面《がめん》には「非通知《ひつうち》」と表示《ひょうじ》されている。

「電話番号《でんわばんごう》を表示《ひょうじ》しないようにしてるってこと？」

このスマホは家族《かぞく》や親戚《しんせき》しか番号《ばんごう》を知《し》らない。非通知《ひつうち》で電話《でんわ》がかかってきたことなどなかった。

千秋《ちあき》は戸惑《とまど》いながら、電話《でんわ》を取《と》ると、「もしもし？」と言《い》った。

「三田千秋《みたちあき》さん。

きみのお母《かあ》さんの病気《びょうき》を治《なお》す方法《ほうほう》があるよ」

「えっ？」

電話《でんわ》の向《む》こうから、男《おとこ》の人《ひと》の声《こえ》がした。

「どういうこと？」

千秋《ちあき》が聞《き》き返《かえ》すと、男《おとこ》の人《ひと》はフッと笑《わら》った。

「わたしは、カオス。病気《びょうき》を治《なお》すことなんて簡単《かんたん》なんだよ。

黒魔術《くろまじゅつ》を使《つか》えばね――」

●

（ここで、いいのかな……）

しばらくして。千秋《ちあき》は家《いえ》から少《すこ》し離《はな》れた場所《ばしょ》にある神社《じんじゃ》にやってきた。

夕方《ゆうがた》。境内《けいだい》には人《ひと》の姿《すがた》はまったくない。

薄暗《うすぐら》いなか、風《かぜ》が吹《ふ》き、まわりの林《はやし》の木々《きぎ》が音《おと》を立《た》てて揺《ゆ》れている。

千秋《ちあき》は不気味《ぶきみ》に思《おも》いながらも、賽銭箱《さいせんばこ》の前《まえ》に立《た》った。

「やあ、よく来《き》たね」

物陰《ものかげ》から、ひとりの男性《だんせい》が現《あらわ》れた。

黒《くろ》いローブをはおった怪《あや》しい男《おとこ》――、カオスだ。

「あなたの言《い》うことは、信《しん》じられないけど……」

千秋《ちあき》は美希《みき》からカオスのことを以前聞《いぜんき》いたことがあった。そのため警戒《けいかい》していたのだ。

するとと、カオスがフッと笑《わら》った。

「信《しん》じないのに、わたしの言《い》ったとおり、誰《だれ》にも言《い》わずにひとりでここに来《き》たのはなぜかな？」

「それは……」

「もしかすると、お母《かあ》さんの病気《びょうき》を本当《ほんとう》に治《なお》せるかもしれない。そう思《おも》ったんじゃないのかな？」

カオスの言葉《ことば》に、千秋《ちあき》は何《なに》も言《い》えなくなる。そのとおりだったのだ。

「わたしのことを信《しん》じられなくてもべつにかまわない。だけど、わたしは本当《ほんとう》にきみの力《ちから》になりたいんだ。そのためにこれを持《も》ってきたんだよ」

カオスはそう言《い》うと、スマホぐらいの大《おお》きさの石《いし》を見《み》せた。
石《いし》は血《ち》のような真《ま》っ赤《か》な色《いろ》をしている。まるで宝石《ほうせき》のようだ。

「これは、『賢者《けんじゃ》の石《いし》』だ」

「えっ、まさか!?」

千秋《ちあき》はそれを聞《き》き驚《おどろ》いた。ファンタジー小説《しょうせつ》で読《よ》んだことがあったのだ。
賢者《けんじゃ》の石《いし》とは、中世《ちゅうせい》ヨーロッパで、錬《れん》金術師《きんじゅつし》たちが探《さが》し求《もと》めていた伝説《でんせつ》の石《いし》である。
その石《いし》を液体《えきたい》にして飲《の》めば、永遠《えいえん》の命《いのち》

を手《て》に入《い》れることができるのだという。

「だけど、ただの伝説《でんせつ》で本当《ほんとう》に存在《そんざい》しているわけじゃないはず……」

千秋《ちあき》が戸惑《とまど》いながら言《い》うと、カオスは小《ちい》さく首《くび》を横《よこ》に振《ふ》った。

「本当《ほんとう》の情報《じょうほう》というのは、表《おもて》には出《で》てこないものだからね。しかし、わたしは黒魔術師《くろまじゅつし》。だからこそ、これを手《て》に入《い》れることができたんだよ」

カオスは、千秋《ちあき》に真《ま》っ赤《か》な石《いし》を見《み》せる。千秋《ちあき》は信《しん》じられないと思《おも》いながらも、その石《いし》から目《め》を離《はな》すことができなくなってしまった。

「だけど、この石《いし》とお母《かあ》さんの病気《びょうき》を治《なお》すことに、なんの関係《かんけい》があるの？」

「わからないかい？　賢者《けんじゃ》の石《いし》を液体《えきたい》にして飲《の》むと、不老不死《ふろうふし》になれる。それはつまり、病《びょう》気《き》など簡単《かんたん》に治《なお》せるということだよ」

「えっ!?」

千秋《ちあき》は、カオスに1歩近《ぽちか》づいた。

しかしすぐに立《た》ち止《ど》まり、警戒《けいかい》しながら身構《みがま》えた。

「そんなの信《しん》じられない……」

「ああ、人《ひと》の言葉《ことば》を簡単《かんたん》に信《しん》じるのはよくないね。だけど、わたしの言《い》っていることは本当《ほんとう》だよ」

カオスは、千秋《ちあき》のうしろを指《ゆび》さす。

千秋《ちあき》がその方向《ほうこう》を見《み》ると、いつの間《ま》にか、動物《どうぶつ》を入《い》れるケージが置《お》かれていた。

ケージの中《なか》には、1匹《ぴき》の黒猫《くろねこ》がいる。

それを見《み》て、千秋《ちあき》は首《くび》をかしげる。猫《ねこ》は、ぐったりしていたのだ。

「この子《こ》は知《し》り合《あ》いのペットなんだけど、重《おも》い病気《びょうき》にかかっていてねえ」

「え、そんな」

「けど大丈夫《だいじょうぶ》。これがあるから」

そう言《い》うと、カオスはポケットから、透明《とうめい》の小《こ》ビンを取《と》り出《だ》す。

小《こ》ビンの中《なか》には、赤《あか》い液体《えきたい》が入《はい》っていた。

「これは、賢者《けんじゃ》の石《いし》を液体《えきたい》にした『エリクサー』というものだよ」

「エリクサー……」

カオスはケージに歩《あゆ》み寄《よ》り、猫《ねこ》をやさしく抱《だ》きしめながら外《そと》に出《だ》した。

猫《ねこ》は抱《だ》きしめられても、ぐったりしていてほとんど動《うご》かない。わずかに目《め》を開《あ》けるが、弱々《よわよわ》しく明《あき》らかに元気《げんき》がなさそうだ。

「さあ、もう大丈夫《だいじょうぶ》。これで元気《げんき》になるからね――」

猫《ねこ》の首元《くびもと》をやさしくなでながら、カオスは小《こ》ビンの中《なか》の液体《えきたい》を猫《ねこ》にかけた。

ニャ　ニャアア

次《つぎ》の瞬間《しゅんかん》、猫《ねこ》が目《め》をパッチリと開《あ》け、急《きゅう》に顔《かお》を上《あ》げた。

そのまま、体《からだ》を震《ふる》わせる。カオスが地面《じめん》に下《お》ろすと、猫《ねこ》はなんと、元気《げんき》よく歩《ある》き始《はじ》めた。

「どういうこと⁇」

驚《おどろ》く千秋《ちあき》に、カオスはほほえみながら近《ちか》づく。

「賢者《けんじゃ》の石《いし》から作《つく》ったこのエリクサーが奇跡《きせき》を起《お》こしたんだよ。きみのお母《かあ》さんもこれがあれば病気《びょうき》が治《なお》るよ。どうかな、欲《ほ》しいだろう？」

「それは……」

千秋《ちあき》は、つばをゴクリとのみこむ。信《しん》じられないが、猫《ねこ》が元気《げんき》になったのは、まぎれもない事実《じじつ》だ。

「エリクサーをちょうだい！」

これがあれば、母親《ははおや》の病気《びょうき》が良《よ》くなるかもしれない。

だが、カオスは申《もう》し訳《わけ》なさそうな表情《ひょうじょう》になった。

「残念《ざんねん》ながら、今《いま》あるエリクサーは猫《ねこ》を元気《げんき》にするために使《つか》ってしまったんだ。だから、賢《けん》者《じゃ》の石《いし》を使《つか》って新《あたら》しいエリクサーを作《つく》らなければならないんだよ」

「お願《ねが》い、作《つく》って！」

千秋《ちあき》はカオスに迫《せま》りながら言《い》う。そんな千秋《ちあき》を見《み》て、カオスはフッと笑《わら》った。

「もちろん作《つく》るよ。だけどそのためには必要《ひつよう》なものがあるんだ。それは、『20人《にん》の生贄《いけにえ》』だよ」

「生贄《いけにえ》……」

生贄《いけにえ》とは、何《なに》かを行《おこな》うために、人《ひと》や動物《どうぶつ》を捧《ささ》げるということだ。

「すでに20人《にん》は、わたしのほうで選《えら》んでおいたよ」

カオスはそう言《い》うと、１枚《まい》の紙《かみ》を渡《わた》した。

そこには、生贄《いけにえ》となる20人《にん》の名前《なまえ》が書《か》かれていた。

「これって！」

千秋《ちあき》はそれを見《み》て驚《おどろ》く。

そんな千秋《ちあき》に、カオスはグッと顔《かお》を近《ちか》づけた。

「きみの決断《けつだん》で、お母《かあ》さんは病気《びょうき》が治《なお》り、また一緒《いっしょ》に楽《たの》しく暮《く》らせるようになる。さあ、生《いけ》贄《にえ》を捧《ささ》げるかい？」

「そ、それは……」

千秋《ちあき》の脳裏《のうり》に、やさしくほほえむ母親《ははおや》の姿《すがた》が思《おも》い浮《う》かんだ。

「お母《かあ》さん……」

千秋《ちあき》はカオスを見《み》る。カオスは、ニヤッと笑《わら》った。

その笑《え》みにゾッとしながらも、千秋《ちあき》はゴクリとつばをのみこんだ。

●

数日後《すうじつご》の祝日《しゅくじつ》。

真実《しんじつ》は公園《こうえん》のベンチに座《すわ》り、本《ほん》を読《よ》んでいた。

「もうこんな時間《じかん》か」

空《そら》を見《み》ると、日《ひ》が落《お》ち薄暗《うすぐら》くなっている。真実《しんじつ》は家《いえ》へ帰《かえ》ろうと、本《ほん》を閉《と》じると公園《こうえん》から出《で》た。

すると、目《め》の前《まえ》に１台《だい》の車《くるま》が止《と》まった。

「やあ、謎野《なぞの》くん」

車《くるま》を運転《うんてん》していたのは、担任《たんにん》の大前先生《おおまえせんせい》だ。

「読書《どくしょ》かい？　いいね、感心感心《かんしんかんしん》」

「大前先生《おおまえせんせい》は、どこかに出《で》かけていたんですか？」

「あ〜、今度《こんど》理科《りか》クラブの実験《じっけん》で使《つか》う道具《どうぐ》を買《か》いにいってたんだよ」

大前先生《おおまえせんせい》は、理科《りか》クラブの顧問《こもん》をしている。

「ところで、謎野《なぞの》くん。この前《まえ》、河合先生《かわいせんせい》に誕生日《たんじょうび》プレゼントをもらったんだけど、お返《かえ》しに何《なに》をプレゼントすればいいかな？」

河合先生《かわいせんせい》は美希《みき》のクラスの担任《たんにん》で、大前先生《おおまえせんせい》に片想《かたおも》いしている。だが、大前先生《おおまえせんせい》はそのことに気《き》づいていないようで、今回《こんかい》もプレゼントをもらった真意《しんい》がわかっていないようだった。

「プレゼントとかは、ぼくはよくわからないですよ」

「やっぱりそうだよねえ、ははは」

大前先生《おおまえせんせい》はいつも明《あか》るくやさしいが、どこか頼《たよ》りない。真実《しんじつ》は「がんばってください」と言《い》うと、大前先生《おおまえせんせい》と別《わか》れることにした。

そのとき、声《こえ》がした。


「**真実《しんじつ》くん！**」


美希《みき》だ。うしろにはショートカットの女《おんな》の子《こ》もいる。

「彼女《かのじょ》はたしか、三田千秋《みたちあき》さん」

美希《みき》と千秋《ちあき》が真実《しんじつ》のそばにやってきた。

「真実《しんじつ》くん、捜《さが》してたのよ。たいへんなの！」

「たいへん？　どうしたんだい？」

真実《しんじつ》がそう言《い》うと、千秋《ちあき》が口《くち》を開《ひら》いた。


「お願《ねが》い、健太《けんた》くんたちを助《たす》けて！　わたし、彼《かれ》らを生贄《いけにえ》にしちゃったの！」


千秋《ちあき》は、泣《な》きそうな声《こえ》でその説明《せつめい》をした。

先日《せんじつ》、カオスに賢者《けんじゃ》の石《いし》からエリクサーを作《つく》るために、20人《にん》の生贄《いけにえ》が必要《ひつよう》だと言《い》われた。千秋《ちあき》は母親《ははおや》の病気《びょうき》を治《なお》したい一心《いっしん》で、生贄《いけにえ》を捧《ささ》げることを認《みと》めてしまった。

「カオスがそんなことを？」

「わたし、黒魔術《くろまじゅつ》を行《おこな》うために、悪魔《あくま》との契約書《けいやくしょ》にもサインをしてしまって……」

真実《しんじつ》の表情《ひょうじょう》がけわしくなる。車《くるま》の運転席《うんてんせき》で話《はなし》を聞《き》いていた大前先生《おおまえせんせい》は、意味《いみ》がわからずキョトンとしている。しかし、みんなを見《み》て、たいへんなことが起《お》きていることに気《き》づいたようだ。

真実《しんじつ》は、千秋《ちあき》にたずねた。

「その生贄《いけにえ》の中《なか》に健太《けんた》くんが入《はい》ってたってことかい？」

「うん。今日健太《きょうけんた》くんは地区《ちく》のバスツアーに参加《さんか》してて。カオスが見《み》せてきた紙《かみ》には、そのツアーに参加《さんか》する20人《にん》の名前《なまえ》があったの」

20人《にん》の生贄《いけにえ》は、健太《けんた》を含《ふく》む20人《にん》の子《こ》どもたちだった。

「千秋《ちあき》ちゃん、これでお母《かあ》さんの病気《びょうき》が治《なお》せると思《おも》ってたんだけど、今朝《けさ》、健太《けんた》くんたちがバスツアーに行《い》く姿《すがた》を見《み》かけたらしくて」

「健太《けんた》くんたち、すごく幸《しあわ》せそうだった。わたし、それを見《み》て、みんなを不幸《ふこう》にしちゃいけないと思《おも》って」

「誰《だれ》かを助《たす》けるために、ほかの誰《だれ》かを犠牲《ぎせい》にする。確《たし》かにそれが正《ただ》しいこととはいえないかもしれないね」

真実《しんじつ》の言葉《ことば》に、千秋《ちあき》はうなずく。千秋《ちあき》は悩《なや》んだ結果《けっか》、美希《みき》のもとを訪《おとず》れ、助《たす》けを求《もと》めたのだという。美希《みき》は自分《じぶん》だけではどうすることもできないと、真実《しんじつ》に相談《そうだん》しようと思《おも》ったのだ。

「カオスはわたしに生贄《いけにえ》を捧《ささ》げるかどうか聞《き》いたとき、ニヤッと笑《わら》ったの。あれは、わたしが生贄《いけにえ》を捧《ささ》げるって言《い》うとわかっていて、その言葉《ことば》を聞《き》きたかったんだと思《おも》う」

千秋《ちあき》は美希《みき》からカオスのことを聞《き》いていた。カオスは人《ひと》の心《こころ》をあやつる。千秋《ちあき》は自分《じぶん》が母《はは》親《おや》の病気《びょうき》を治《なお》したいという気持《きも》ちを利用《りよう》されていたことに気《き》づき、このままではいけないと思《おも》ったのだ。

「カオスはなんてひどいやつなんだ……」

大前先生《おおまえせんせい》はあぜんとする。

「美希《みき》さん、健太《けんた》くんに連絡《れんらく》を取《と》る方法《ほうほう》はあるかい?」

「ええ、1時間《じかん》ぐらい前《まえ》にメッセージが届《とど》いてたわ。お母《かあ》さんのスマホを連絡用《れんらくよう》に持《も》っていってるみたい」

「まだ無事《ぶじ》ってことだね」

真実《しんじつ》は、大前先生《おおまえせんせい》のほうを見《み》た。

「先生《せんせい》、車《くるま》を出《だ》してください! このままじゃ健太《けんた》くんたちが危《あぶ》ない!」

真実《しんじつ》たちは、健太《けんた》たちを助《たす》けるために、あわてて車《くるま》に乗《の》り込《こ》んだ。

●

「もうすぐ家《いえ》に着《つ》くね」

町《まち》はずれにある山沿《やまぞ》いの道路《どうろ》を、1台《だい》のバスが走《はし》っていた。

車内《しゃない》には、健太《けんた》をはじめ20人《にん》の子《こ》どもたちと、子《こ》ども会《かい》の引率者《いんそつしゃ》の男性《だんせい》が座席《ざせき》に座《すわ》っていた。

健太《けんた》は、持《も》っているお守《まも》りを見《み》た。

「千秋《ちあき》ちゃん、喜《よろこ》んでくれるといいなぁ」

果樹園《かじゅえん》のそばにあった神社《じんじゃ》に寄《よ》って、お守《まも》りを手《て》に入《い》れていたのだ。

そのとき、親《おや》から借《か》りて持《も》ってきたスマホが震《ふる》えた。見《み》ると、美希《みき》から電話《でんわ》がかかってきている。

「もしもし」

「健太《けんた》くん!」

電話《でんわ》の声《こえ》は、真実《しんじつ》だ。

「真実《しんじつ》くん、どうして美希《みき》ちゃんの電話《でんわ》に？」

「今《いま》、美希《みき》さんと一緒《いっしょ》に、大前先生《おおまえせんせい》の車《くるま》に乗《の》っているんだ」

「ええ？　ますます意味《いみ》がわからないよ」

「健太《けんた》くん、落《お》ち着《つ》いて聞《き》くんだ。そのバスは、カオスにねらわれている」

「えええ⁇」

真実《しんじつ》は「静《しず》かに」と言《い》って、カオスが千秋《ちあき》に言《い》った生贄《いけにえ》のことを話《はな》した。

「生贄《いけにえ》……」

それを聞《き》き、健太《けんた》は戸惑《とまど》う。

「健太《けんた》くん、スマホの現在地《げんざいち》と書《か》かれたボタンをタップするんだ」

「え？　あ、うん」

「それで地図《ちず》を開《ひら》いて。その地図《ちず》を美希《みき》さんのスマホに転送《てんそう》するんだ。地図《ちず》をたよりに、すぐにそっちに向《む》かうから！」

「わ、わかった！」

真実《しんじつ》の力強《ちからづよ》い言葉《ことば》に健太《けんた》は少《すこ》しだけホッとする。

「だけど、まさかカオスがぼくたちをねらうなんて。引率《いんそつ》のおじさんに言《い》ったほうがいいよね」

健太《けんた》はふと前《まえ》の座席《ざせき》を見《み》た。しかし、いちばん前《まえ》の座席《ざせき》に座《すわ》っているおじさんは眠《ねむ》っていた。

「あ、あの！」

健太《けんた》はおじさんに声《こえ》をかけようとした。

瞬間《しゅんかん》、バスが大《おお》きく揺《ゆ》れた。

「わっ！」

バスは走《はし》っていた道路《どうろ》をはずれ、脇《わき》にある狭《せま》い林道《りんどう》に入《はい》る。

「どうして??」

帰《かえ》るための道《みち》とはまったく違《ちが》う。健太《けんた》は思《おも》わず運転手《うんてんしゅ》のほうを見《み》た。

そのころ。真実《しんじつ》たちは大前先生《おおまえせんせい》の車《くるま》で、健太《けんた》の現在地《げんざいち》を確認《かくにん》しながらバスへと向《む》かっていた。

「エリクサーで猫《ねこ》が元気《げんき》になった⁇」

美希《みき》は、千秋《ちあき》からカオスがしたことを聞《き》いて声《こえ》をあげていた。

「それって、本物《ほんもの》のエリクサーってこと？」

美希《みき》は賢者《けんじゃ》の石《いし》が存在《そんざい》していたことを知《し》り、驚《おどろ》きを隠《かく》せなかった。

すると、真実《しんじつ》が口《くち》を開《ひら》いた。

「カオスは、液体《えきたい》をかけたあと、猫《ねこ》のどのあたりを触《さわ》ったんだい？」

「どのあたり？　ええっと首《くび》のあたりかな」

「やっぱりそうか。美希《みき》さん、液体《えきたい》はエリクサーなんかじゃない。猫《ねこ》は首《くび》のうしろをつままれると動《うご》かなくなるんだよ」

「え、そうなの⁇」

「おそらく、カオスはクリップか何《なに》かで猫《ねこ》の首《くび》のうしろをつまんでいて、液体《えきたい》をかけたあと、首《くび》を触《さわ》るフリをしてそれを取《と》ったんだよ」

「クリップを首《くび》に？　そんなのひどい！」

美希《みき》は、カオスのやったことに怒《いか》りを感《かん》じる。一方《いっぽう》、千秋《ちあき》は戸惑《とまど》っていた。

「クリップがあったなんて気《き》づかなかったわ」

「きみはお母《かあ》さんのことで頭《あたま》がいっぱいだった。冷静《れいせい》にまわりを見《み》る余裕《よゆう》などなかったんだよ」

「そんな……」

「ほんと、カオスは許《ゆる》せないわね。人《ひと》を平気《へいき》でだますなんて」

「カオスは人《ひと》の心《こころ》をあやつる愉快犯《ゆかいはん》で、悪意《あくい》のかたまりだ」

真実《しんじつ》はけわしい表情《ひょうじょう》になった。

そのとき、美希《みき》のスマホにメッセージが届《とど》いた。

「健太《けんた》くんからだ。えええ⁇　真実《しんじつ》くん！」

美希《みき》は、メッセージを真実《しんじつ》に見《み》せた。

『バスが森《もり》の中《なか》で止《と》まったよ！』

「森《もり》の中《なか》？」

真実《しんじつ》はハッとした。

「美希《みき》さん、健太《けんた》くんに現在地《げんざいち》を転送《てんそう》させるんだ！　先生《せんせい》、急《いそ》いで！　カオスが何《なに》かをするつもりです！」


日《ひ》が落《お》ちた薄暗《うすぐら》い森《もり》の中《なか》。

健太《けんた》たちが乗《の》ったバスが止《と》まっていた。

「どうして止《と》まったの？」

「休憩《きゅうけい》、じゃないよね??」

乗《の》っている子《こ》どもたちが騒《さわ》ぎだす。だが、前《まえ》の席《せき》に座《すわ》っている引率《いんそつ》のおじさんは眠《ねむ》ったままだ。

すると、運転手《うんてんしゅ》がゆっくりと立《た》ちあがった。

「引率《いんそつ》の男性《だんせい》には、先《さき》ほど睡眠薬入《すいみんやくい》りの飲《の》み物《もの》をプレゼントしましたよ。今《いま》から行《おこな》う儀式《ぎしき》のじゃまをしてもらいたくないのでね」

立《た》ち上《あ》がった運転手《うんてんしゅ》は、いつの間《ま》にか黒《くろ》いローブをはおっている。

「まさか！」

驚《おどろ》く健太《けんた》を見《み》て、男《おとこ》はニヤッと笑《わら》う。

「わたしの名《な》はカオス。さあ、生贄《いけにえ》のみなさん、きみたちに今《いま》からわたしのとっておきの黒魔術《くろまじゅつ》を見《み》せてあげよう」

「黒魔術《くろまじゅつ》⁇」

「生贄《いけにえ》ってどういうこと？？」

子《こ》どもたちが混乱《こんらん》して叫《さけ》ぶ。

「みんな、落《お》ち着《つ》いて！」

健太《けんた》はそう言《い》うと、カオスが笑《わら》った。

「フハハハハ、宮下健太《みやしたけんた》くん。きみは勇敢《ゆうかん》だねえ。勇敢《ゆうかん》な子《こ》どもは大好《だいす》きだよ。だけど、あきらめるんだな。この黒魔術《くろまじゅつ》からきみたちが逃《に》げられる方法《ほうほう》はない」

カオスは両手《りょうて》をあげ、呪文《じゅもん》をとなえた。

「エロイムエッサイム、エロイムエッサイム。地獄《じごく》の業火《ごうか》よ、この世界《せかい》に現《あらわ》れよ！」

次《つぎ》の瞬間《しゅんかん》――。

ボオオオ！

バスのまわりの地面《じめん》に炎《ほのお》があがった。炎《ほのお》は一気《いっき》に燃《も》えあがり、壁《かべ》のようにバスを覆《おお》う。

「きゃあああ！」

子《こ》どもたちが悲鳴《ひめい》をあげる。そんななか、カオスは子《こ》どもたちを見《み》た。

「きみたちは、これからわたしのすることをマネしてはいけないよ。黒魔術師《くろまじゅつし》であるわたししか、これはできないからね。それでは、ごきげんよう。ハーッハッハッハ！」

バスのドアを開《ひら》き、カオスは外《そと》に出《で》る。

健太《けんた》が叫《さけ》ぶが、次《つぎ》の瞬間《しゅんかん》、目《め》を大《おお》きく見開《みひら》いた。

なんと、カオスは、炎《ほのお》の中《なか》を平然《へいぜん》と歩《ある》いていったのだ。

「そんな！」

バスが炎《ほのお》に包《つつ》まれ、車内《しゃない》はその熱《ねっ》で暑《あっ》くなっていく。

健太《けんた》は引率者《いんそつしゃ》のおじさんのもとへ駆《か》け寄《よ》り、体《からだ》を揺《ゆ》するが、まったく目《め》を覚《さ》まさない。

小《ちい》さな子《こ》どもたちが恐怖《きょうふ》で泣《な》きだす。

「どうすればいいの??」

健太《けんた》はぼうぜんとしてしまうのだった。

一方《いっぽう》、真実《しんじつ》たちは車《くるま》を降《お》り、森《もり》の中《なか》を走《はし》っていた。

「もうすぐ、健太《けんた》くんのいる場所《ばしょ》だ！」

薄暗《うすぐら》い森《もり》の中《なか》を走《はし》り続《つづ》ける。やがて、森《もり》の中《なか》の開《ひら》けた場所《ばしょ》に出《で》た。

「あっ！」

見《み》ると、バスのまわりが炎《ほのお》に包《つつ》まれていた。

「真実《しんじつ》くん！」

千秋《ちあき》は、持《も》っているスマホを真実《しんじつ》に見《み》せた。

そこには、カオスからメッセージが届《とど》いていて、「儀式《ぎしき》が始《はじ》まりましたよ」と書《か》かれていた。

「儀式《ぎしき》……。美希《みき》さん、スマホを！」

真実《しんじつ》は美希《みき》からスマホを借《か》りると、健太《けんた》に電話《でんわ》をかけた。

つながったとたん、健太《けんた》のあせる声《こえ》が聞《き》こえた。

「もしもし、真実《しんじつ》くん、たいへんなんだ！」

「ああ、今《いま》バスのそばに着《つ》いたよ！」

健太《けんた》は、カオスが先《さき》ほどやった出来事《できごと》を真実《しんじつ》に話《はな》した。

「カオスが、火《ひ》の中《なか》を歩《ある》いていった？」

真実《しんじつ》が健太《けんた》の言《い》った言葉《ことば》を繰《く》り返《かえ》すと、美希《みき》が動揺《どうよう》する。

「火《ひ》の中《なか》を歩《ある》くってどういうこと？」

大前先生《おおまえせんせい》も、あせりながら声《こえ》をあげる。

「謎野《なぞの》くん、もうすぐ警察《けいさつ》が来《く》るはずだよ！」

森《もり》に到着《とうちゃく》する前《まえ》、大前先生《おおまえせんせい》は警察《けいさつ》に電話《でんわ》をしていた。

しかし、真実《しんじつ》は首《くび》を横《よこ》に振《ふ》る。

「それでは間《ま》に合《あ》わない。警察《けいさつ》が来《く》るまで、まだ相当時間《そうとうじかん》がかかる」

それまでに、バスは燃《も》えてしまうだろう。

「ぜんぶ、わたしのせいだ……。わたしが健太《けんた》くんたちを生贄《いけにえ》にしようとしたせいで……」

千秋《ちあき》はその場《ば》に崩《くず》れ落《お》ち、泣《な》きだしてしまった。

「千秋《ちあき》ちゃん……」

美希《みき》はそんな千秋《ちあき》を心配《しんぱい》し、そばに歩《あゆ》み寄《よ》る。

スマホから、健太《けんた》の悲痛《ひつう》な声《こえ》が響《ひび》いた。

「真実《しんじつ》くん、どうすればいいの⁉」

「健太《けんた》くん、今《いま》すぐ助《たす》けるよ！」

真実《しんじつ》はそう言《い》いながら、バスを包《つつ》む炎《ほのお》の壁《かべ》を見《み》つめる。

すると、健太《けんた》が電話《でんわ》の向《む》こうで声《こえ》をあげた。

「カオスはバスから降《お》りて、まっすぐ炎《ほのお》の中《なか》を歩《ある》いていったんだ。

なぜか顔《かお》にも体《からだ》にも炎《ほのお》は移《うつ》らなかったよ。

やっぱり黒魔術《くろまじゅつ》はほんとに存在《そんざい》したんだ！」

「顔《かお》にも体《からだ》にも炎《ほのお》は移《うつ》らなかった……」

真実《しんじつ》はハッとすると、火《ひ》のまわりを見《み》た。


「あれは……」


真実《しんじつ》は、炎《ほのお》が燃《も》える地面《じめん》の一部《いちぶ》を食《く》い入《い》るように見《み》つめる。

バスのドアの前《まえ》の地面《じめん》に、鉄製《てっせい》のパイプが伸《の》びていた。パイプには、小《ちい》さな穴《あな》がいくつも開《あ》いている。

真実《しんじつ》はあわててまわりの木々《きぎ》を見《み》る。そして枝《えだ》の上《うえ》に、あるものが設置《せっち》されていることに気《き》づいた。

「炎《ほのお》の中《なか》を歩《ある》いても、カオスには炎《ほのお》が移《うつ》らなかった。そして、バスから降《お》りてまっすぐ歩《ある》いていった。ドアの前《まえ》の地面《じめん》に伸《の》びている鉄製《てっせい》のパイプと、木《き》の上《うえ》に設置《せっち》されているあるもの……。そうか、あの炎《ほのお》は炎《ほのお》のように見《み》えているだけかもしれない。科学《かがく》で解《と》けないナゾはない！　健太《けんた》くん、みんな！　そこでじっとしているんだ！」

次《つぎ》の瞬間《しゅんかん》、真実《しんじつ》は炎《ほのお》に向《む》かって走《はし》りだした。

真実《しんじつ》は、枝《えだ》の上《うえ》に何《なに》を見《み》つけたのだろうか？

カオスは、炎《ほのお》でないものを、枝《えだ》の上《うえ》のものを使《つか》ってオレンジ色《いろ》の炎《ほのお》に見《み》せかけていたんだ。

解《かい》決《けつ》編《へん》

「**真実**《しんじつ》**くん！**」

バスの中《なか》から健太《けんた》は、炎《ほのお》に入《はい》ろうとする真実《しんじつ》を見《み》て声《こえ》をあげる。

しかし、真実《しんじつ》は一切《いっさい》止《と》まることなく、炎《ほのお》の中《なか》へと飛《と》び込《こ》んだ。

「そんな！」

健太《けんた》はあわててバスのドアのほうへと走《はし》った。

すると炎《ほのお》の中《なか》から、真実《しんじつ》が出《で》てきた。

「**真実**《しんじつ》**くん!!**」

真実《しんじつ》はどこも燃《も》えていない。やけどすら負《お》っていなかった。

「どうして⁇」

「説明《せつめい》はあとだ。みんな、ぼくのうしろについてきて。バスを降《お》りたらまっすぐ進《すす》むんだ。絶対《ぜったい》にそれ以外《いがい》のところは歩《ある》かないで。そうすれば、やけどを負《お》うことなく、炎《ほのお》の中《なか》から脱《だっ》出《しゅっ》できる！」

真実《しんじつ》はそう言《い》って、眠《ねむ》っている引率《いんそつ》のおじさんの腕《うで》を自分《じぶん》の肩《かた》にかけ、抱《だ》き起《お》こした。

「健太《けんた》くんも手伝《てつだ》って」

「え、あ、うん！」

健太《けんた》も反対側《はんたいがわ》からおじさんを支《ささ》える。

真実《しんじつ》はそのままバスの外《そと》に広《ひろ》がる炎《ほのお》の中《なか》に戻《もど》ろうとした。

しかし、それを見《み》て子《こ》どもたちが震《ふる》えた。

「わたし、そんなの無理《むり》だよ！」

「ぼくも！　怖《こわ》いよ！」

みな、おびえている。炎《ほのお》の中《なか》に飛《と》び込《こ》む勇気《ゆうき》などなかったのだ。

「大丈夫《だいじょうぶ》だから！」

「だけど！」

みな、動《うご》こうとしない。それを見《み》て真実《しんじつ》はあせる。

すると、健太《けんた》がみんなのほうを見《み》た。

「みんな、行《い》こう！　ぼくは真実《しんじつ》くんを信《しん》じるよ！」

「健太《けんた》くん……」

「どうして炎《ほのお》の中《なか》を歩《ある》いても平気《へいき》なのかわからない。だけど、真実《しんじつ》くんは何《なに》かトリックに気《き》づいたんだ。だからみんな、安心《あんしん》して！」

健太《けんた》は、真実《しんじつ》を信頼《しんらい》していた。

「さあ、みんなついてきて！」

健太《けんた》は真実《しんじつ》に目《め》で合図《あいず》を送《おく》る。

真実《しんじつ》はうなずくと、引率《いんそつ》のおじさんを連《つ》れて、炎《ほのお》の中《なか》に飛《と》び込《こ》んだ。

「あああ！」

薄暗《うすぐら》い森《もり》の中《なか》、炎《ほのお》が赤《あか》く光《ひか》っている。その炎《ほのお》の中《なか》を、真実《しんじつ》と健太《けんた》は苦《くる》しむことなく進《すす》んでいった。

「わ、わたしたちも行《い》きましょ！」

「うん！」

真実《しんじつ》たちの姿《すがた》に奮起《ふんき》し、みな勇気《ゆうき》を奮《ふる》い立《た》たせる。

いっせいに外《そと》へと飛《と》び出《だ》すと、言《い》われたとおり炎《ほのお》の中《なか》をまっすぐ進《すす》んだ。

「熱《あつ》くない⁉」

「どうして⁇」

炎《ほのお》に包《つつ》まれているのに、まったく熱《あつ》さを感《かん》じなかった。

やがて、全員《ぜんいん》が炎《ほのお》の外《そと》に出《で》た。

「みんな、無事《ぶじ》かい⁇」

大前先生《おおまえせんせい》が子《こ》どもたちのもとへ駆《か》け寄《よ》る。

「だけど、どうなってるの⁇」

引率《いんそつ》のおじさんを地面《じめん》に寝《ね》かせる真実《しんじつ》に、美希《みき》がたずねた。

「あれは、炎《ほのお》のように見《み》えたけど、本物《ほんもの》の炎《ほのお》じゃないんだ」

「え？」

真実《しんじつ》は、バスのドア近《ちか》くにある地面《じめん》を指《ゆび》さした。

「あそこに鉄製《てっせい》のパイプがあるだろ。あのパイプの小《ちい》さな穴《あな》から霧状《きりじょう》になった水《みず》が出《で》ているんだ」

「霧状《きりじょう》の水《みず》？　だけど、見《み》えているのは真《ま》っ赤《か》な炎《ほのお》よ？」

「それは、あそこに設置《せっち》されている、あるものが照《て》らしていたからだよ」

真実《しんじつ》はバスのそばにある木《き》の上《うえ》を指《ゆび》さす。

木《き》の上《うえ》に、オレンジ色《いろ》のライトが設置《せっち》されていた。

「霧状《きりじょう》になった水《みず》にオレンジ色《いろ》のライトを当《あ》てると、炎《ほのお》のように見《み》えるんだ。テーマパークのアトラクションでも使《つか》われている方法《ほうほう》だよ」

それを聞《き》き、健太《けんた》が声《こえ》をあげた。

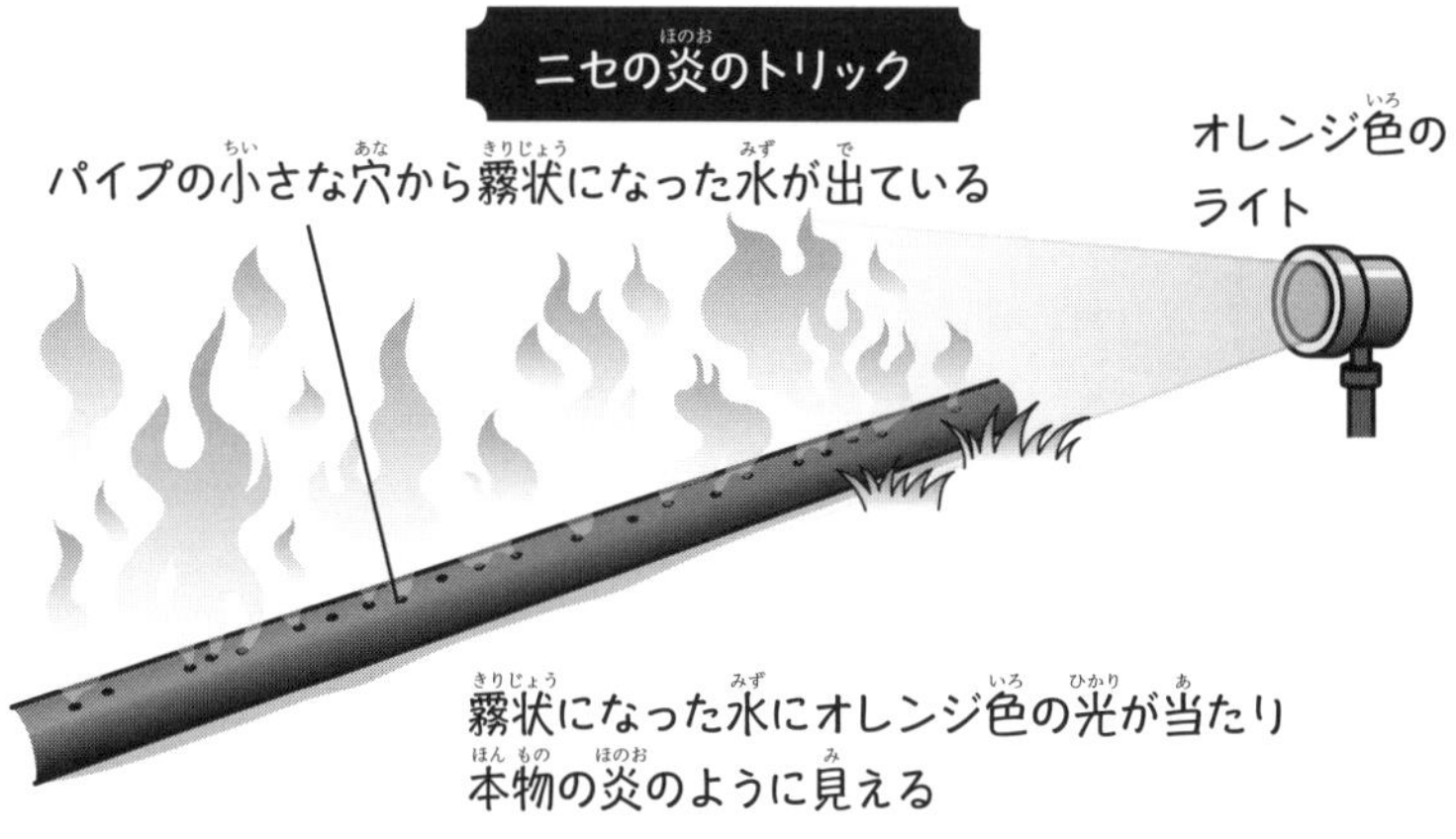

「そうだったんだ。じゃあ、この炎《ほのお》はぜんぶ偽物《にせもの》なんだね」

「いや、そうじゃない。パイプとライトがあるのは、バスのドアの正面《しょうめん》だけ。あとは本物《ほんもの》だよ。おそらくカオスは、隠《かく》し持《も》っていた点火用《てんかよう》のスイッチを押《お》して、本物《ほんもの》の炎《ほのお》と偽物《にせもの》の炎《ほのお》を生《う》み出《だ》したんだ」

同時《どうじ》に炎《ほのお》が現《あらわ》れたため、健太《けんた》たちにも本物《ほんもの》と偽物《にせもの》の違《ちが》いがまったくわからなかったのだ。

「カオスは炎《ほのお》でバスを囲《かこ》み、きみたちに恐怖《きょうふ》を与《あた》えようとした。それを千秋《ちあき》さんに見《み》せて、苦悩《くのう》する姿《すがた》を見《み》たかったんだろうね」

「ごめんなさい。みんな、ごめんなさい！」

千秋《ちあき》は泣《な》きながら謝《あやま》る。

しかし、誰《だれ》も千秋《ちあき》を憎《にく》く思《おも》うものはいなかった。

「悪《わる》いのは、カオスだよ」

健太《けんた》が千秋《ちあき》に言《い》った。

「カオスは、人《ひと》の心《こころ》をあやつる。あやつるということは、人《ひと》の気持《きも》ちがよくわかるってことでしょ。それをいいほうに使《つか》えば、たくさんの人《ひと》を救《すく》うこともできるのに、どうしてひどいことばかりするんだろう」

「健太《けんた》くん……」

健太《けんた》の言葉《ことば》に、美希《みき》や千秋《ちあき》たちもうなずいた。

やがて、大前先生《おおまえせんせい》が呼《よ》んだ警察《けいさつ》のパトカーのサイレンが聞《き》こえてきた。

生贄騒動《いけにえそうどう》は、なんとかひとりのけが人《にん》も出《だ》さずに解決《かいけつ》することができた。

一方《いっぽう》、その光景《こうけい》を少《すこ》し離《はな》れた木《き》の陰《かげ》から見《み》ている人物《じんぶつ》がいる。

カオスだ。カオスは、謎《なぞ》をみごと解《と》いた真実《しんじつ》をじっと見《み》つめていた。

「謎野真実《なぞのしんじつ》くん……。『彼《かれ》ら』の言《い》ったとおりの人物《じんぶつ》のようだねえ」

カオスはそう言《い》いながら、健太《けんた》のほうに視線《しせん》を移《うつ》した。

「……それにしても、たくさんの人《ひと》を救《すく》うことができる、か」

カオスはふと真顔《まがお》に戻《もど》り、何《なに》かを思《おも》いながら去《さ》っていった。

●

翌日《よくじつ》。真実《しんじつ》たちは、千秋《ちあき》とともに病院《びょういん》の病室《びょうしつ》にいた。

千秋《ちあき》は、母親《ははおや》にすべてを話《はな》した。

「まさか、そんなことをしたなんて……」

ベッドの上《うえ》にいる千秋《ちあき》の母親《ははおや》は話《はなし》を聞《き》き、戸惑《とまど》っているようだ。

そんな母親《ははおや》に、美希《みき》が話《はな》しかけた。

「すべて、おばさんに元気《げんき》になってもらおうと思《おも》ってやってしまったことなんです。その気《き》持《も》ちを、カオスにつけ込《こ》まれてしまって」

「そ、それは……」

母親《ははおや》は困惑《こんわく》しながらつぶやく。しかしすぐに、うつむく千秋《ちあき》を見《み》つめてほほえんだ。

「千秋《ちあき》、心配《しんぱい》かけてごめんね。お母《かあ》さん、頑張《がんば》るから。大丈夫《だいじょうぶ》。きっとよくなるからね！」

「**お母《かあ》さん！**」

千秋《ちあき》は泣《な》きながら母親《ははおや》に抱《だ》きつく。母親《ははおや》はそんな千秋《ちあき》をやさしく抱《だ》きしめた。

「よかった～」

美希《みき》と健太《けんた》はホッとする。

だが、真実《しんじつ》はけわしい表情《ひょうじょう》をしていた。

「今回《こんかい》は、健太《けんた》くんもターゲットになった。科学《かがく》を悪用《あくよう》し、みんなを不幸《ふこう》にするなんて……」

真実《しんじつ》は、カオスのことを許《ゆる》せなく思《おも》っていた。

「真実《しんじつ》くん……」

健太《けんた》は、カオスをなんとかして止《と》めることができればと思《おも》うのだった。

3

SCIENCE TRICK DATA FILE

科《か》学《がく》トリック データファイル

遊《ゆう》園《えん》地《ち》でも使《つか》われるトリック

霧状《きりじょう》になった水《みず》に映《うつ》し出《だ》された炎《ほのお》のように、目《め》の錯覚《さっかく》を使《つか》ったトリックは遊園地《ゆうえんち》のアトラクションや舞台《ぶたい》の演出《えんしゅつ》にも使《つか》われています。

例《たと》えばアメリカの科学者《かがくしゃ》、アデルバート・エイムズ・ジュニアが生《う》み出《だ》した「エイムズの部屋《へや》」は、同《おな》じ部屋《へや》の中《なか》にいる2人《ふたり》の大《おお》きさが極端《きょくたん》に違《ちが》っているように見《み》えるしくみです（左上《ひだりうえ》の図《ず》）。

ほかにも、暗《くら》い場所《ばしょ》で動《うご》かないはずの石像《せきぞう》や人形《にんぎょう》が表情《ひょうじょう》を変《か》えたり話《はな》したりするとき、プロジェクションマッピングという映像技術《えいぞうぎじゅつ》が使《つか》われているかもしれません（左下《ひだりした》の図《ず》）。

巨人《きょじん》とこびとに見《み》える仕掛《しか》け

①エイムズの部屋《へや》

のぞき穴《あな》から片目《かため》で見《み》ると奥行《おくゆ》きを感《かん》じないため、近《ちか》くにいる人《ひと》と遠《とお》くにいる人《ひと》が、まるで隣《となり》にいるように見《み》える。

見《み》る角度《かくど》や
周囲《しゅうい》の明《あか》るさなど
必要《ひつよう》な条件《じょうけん》が
あるんだ

人形《にんぎょう》がしゃべるトリック

②動《うご》く顔《かお》

のっぺらぼうの人形《にんぎょう》に、顔《かお》のパーツが動《うご》いている映像《えいぞう》を映《うつ》すと、あたかも自《みずか》ら動《うご》いているように見《み》える。

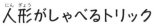

大《だい》パニック!

不死身《ふじみ》の黒魔術師《くろまじゅつし》4

見《み》えない巨《きょ》大《だい》嵐《あらし》

バスの事件《じけん》から1か月《げつ》が過《す》ぎていた。

あれ以来《いらい》、黒魔術師《くろまじゅつし》カオスが現《あらわ》れることはなく、花森町《はなもりちょう》は平和《へいわ》だった。

真実《しんじつ》たち3人《にん》がいつもの帰《かえ》り道《みち》を歩《ある》いていると、ふいに美希《みき》がつぶやいた。

「カオスはもう悪《わる》だくみはやめたのかな？」

「きっと真実《しんじつ》くんの名探偵《めいたんてい》ぶりに尻尾《しっぽ》をまいて、引《ひ》っ込《こ》んじゃったんだよ」

フンと鼻《はな》を鳴《な》らして答《こた》える健太《けんた》に、真実《しんじつ》が冷静《れいせい》な声《こえ》で続《つづ》ける。

「どうかな。ぼくには彼《かれ》がこのまま黙《だま》っているようには思《おも》えないんだ」

真実《しんじつ》が見《み》つめる空《そら》に、不気味《ぶきみ》な黒《くろ》い雲《くも》が広《ひろ》がり始《はじ》めていた。


ふたりと別《わか》れて、健太《けんた》が家《いえ》の近《ちか》くの角《かど》を曲《ま》がったときだった。

「こんにちは。宮下健太《みやしたけんた》くんだね？」

突然《とつぜん》の声《こえ》に健太《けんた》が振《ふ》り向《む》くと、そこには汚《よご》れた作業服《さぎょうふく》を着《き》た男性《だんせい》が立《た》っていた。

その男《おとこ》の顔《かお》を見《み》て、健太《けんた》はハッと息《いき》をのんだ。

「ああっ！　もしかして……黒魔術師《くろまじゅつし》カオス⁉」

カオスはかすかにうなずくと、力《ちから》なくほほえんだ。

「今日《きょう》は健太《けんた》くんにお願《ねが》いがあって来《き》たんだ。わたしの話《はなし》を聞《き》いてもらえないかな？」

1か月前《げつまえ》とは別人《べつじん》のような、やさしい話《はな》し方《かた》だった。


健太《けんた》とカオスは、近《ちか》くの喫茶店《きっさてん》で向《む》かい合《あ》って座《すわ》った。

「食《た》べないのかい？」

カオスは健太《けんた》にクリームソーダを頼《たの》んでくれたが、健太《けんた》は手《て》をつけずにいた。

「それより、話《はなし》ってなんですか？」

「実《じつ》は……このあいだ健太《けんた》くんに言《い》われた言葉《ことば》が忘《わす》れられなくてね。ほら、わたしの力《ちから》を使《つか》えばたくさんの人《ひと》を救《すく》うことができるって言《い》ってくれただろう？」

確《たし》かに、バス事件《じけん》のとき、健太《けんた》は千秋《ちあき》にそう言《い》った。

「きみの言《い》うとおりだ……。わたしは今《いま》までどうかしていた。自分《じぶん》の力《ちから》を、自分《じぶん》のためだけに使《つか》えばいいと思《おも》っていたんだ。おろかだったよ……申《もう》し訳《わけ》なかった」

そう言《い》って、カオスは深々《ふかぶか》と頭《あたま》を下《さ》げた。

「カオス……さん」

「もう遅《おそ》いかもしれない。だが、これからは少《すこ》しでもみんなの役《やく》に立《た》ちたいんだ」

そう言《い》うと、カオスはカバンから直径《ちょっけい》30センチほどの丸《まる》い鏡《かがみ》を取《と》り出《だ》した。

「これは、わたしがヨーロッパの魔術商人《まじゅつしょうにん》から買《か》った『予言《よげん》の鏡《かがみ》』だよ」

「予《よ》言《げん》の鏡《かがみ》……？」

「古《いにしえ》の時代《じだい》から魔術師《まじゅつし》たちに受《う》け継《つ》がれ、大《おお》きな災害《さいがい》を予言《よげん》したこともあるという。実《じつ》は、この鏡《かがみ》に恐《おそ》ろしい未来《みらい》が映《うつ》ったんだ……」

「えっ!? いったいどんな!?」

カオスはうなずくと、鏡《かがみ》を持《も》ち、呪文《じゅもん》をとなえはじめた。

「エロイムエッサイム、エロイムエッサイム。我《われ》に未来《みらい》を告《つ》げたまえ」

窓《まど》から入《はい》る太陽《たいよう》の光《ひかり》を反射《はんしゃ》し、キラリと鏡《かがみ》が光《ひか》る。

次《つぎ》の瞬間《しゅんかん》……。

「あっ！　壁《かべ》に文字《もじ》が！」

鏡《かがみ》に反射《はんしゃ》した光《ひかり》が、文字《もじ》となって壁《かべ》に映《うつ》し出《だ》されたのである。

【見《み》エヌ　嵐《あらし》ガ　世《よ》ヲ　ホロボス】

「見《み》エヌ嵐《あらし》？　いったい、どういうことなの？」

健《けん》太《た》が聞《き》くとカオスはゆっくり首《くび》を左《さ》右《ゆう》に振《ふ》った。

「わからない。しかし、この予《よ》言《げん》の鏡《かがみ》はウソはつかない。近《ちか》い将来《しょうらい》、町《まち》が滅《ほろ》びるほどの大《おお》きな災害《さいがい》が起《お》きるはずだ」

「そんな……！」

息《いき》をのむ健《けん》太《た》の顔《かお》を見《み》つめ、カオスは言《い》った。

「健《けん》太《た》くん、信《しん》じてほしい。わたしはみんなを助《たす》けたいんだ。きみに協力《きょうりょく》してもらえたら多《おお》くの人《ひと》たちを救《すく》える。きみの助《たす》けが必要《ひつよう》なんだ」

カオスの目《め》は真剣《しんけん》だった。健《けん》太《た》の心《こころ》は揺《ゆ》れた。

（カオスさんの言《い》ってることは本当《ほんとう》かもしれない。でも……）

「……ごめんなさい。信《しん》じてあげたいけど、やっぱり……」

カオスは小《ち》さくため息《いき》をついたが、すぐにやさしくほほえんだ。

「いいんだ、きみの気《き》持《も》ちは当然《とうぜん》だよ。これまでわたしはひどいことをしてきたからね。じゃあ、わたしはこれで」

そう言《い》って席《せき》を立《た》った瞬間《しゅんかん》、カオスの体《からだ》がグラリと揺《ゆ》れ、そのまま床《ゆか》に倒《たお》れ込《こ》んだ。

「カオスさん、大丈夫《だいじょうぶ》!?」

健太《けんた》があわてて駆《か》け寄《よ》る。

「ああ……すまない。このところ毎日朝《まいにちあさ》まで作業《さぎょう》をしていてね」

「だいぶ疲《つか》れてるみたい……いったい何《なに》をしているの？」

「作《つく》っているんだ。多《おお》くの人《ひと》たちを守《まも》る、あるものをね」

「多《おお》くの人《ひと》たちを守《まも》る……」

健太《けんた》はつぶやくと、カオスの腕《うで》を肩《かた》にかけ、支《ささ》えながら一緒《いっしょ》に立《た》ちあがった。

「案内《あんない》してください。そこまで送《おく》っていくよ」

●

1週間後《しゅうかんご》。帰《かえ》りの会《かい》が終《お》わると、健太《けんた》は教室《きょうしつ》を勢《いきお》いよく飛《と》び出《だ》した。

「健太《けんた》くん！　3人《にん》で一緒《いっしょ》に帰《かえ》らない？」

廊下《ろうか》で美希《みき》が声《こえ》をかけたときは、もう階段《かいだん》を駆《か》け下《お》り、姿《すがた》は見《み》えなくなっていた。

遅《おく》れて教室《きょうしつ》から出《で》てきた真実《しんじつ》が美希《みき》に声《こえ》をかける。

「最近《さいきん》ずっとこんなようすだよ」

「絶対何《ぜったいなに》かあるはず。敏腕記者《びんわんきしゃ》のわたしのカンが『怪《あや》しい』って言《い》ってるわ」

「ぼくも気《き》にはなっていたよ。行《い》ってみるかい？ 健太《けんた》くんが向《む》かった場所《ばしょ》に」

「どこに行《い》ったかわかるの？」

「ああ、見当《けんとう》はついてるよ。最近《さいきん》、健太《けんた》くんの靴《くつ》が汚《よご》れていてね。黒土《くろつち》、コンクリートの粉《こな》、それにクモの巣《す》が靴《くつ》ひもにからんでいたこともあった。黒土《くろつち》は花森町《はなもりちょう》ではめずらしい。おそらく健太《けんた》くんが向《む》かったのは、町《まち》の西《にし》にある空《あ》き地《ち》のあたりだ」

真実《しんじつ》と美希《みき》は、花森町《はなもりちょう》の西《にし》にある大《おお》きな空《あ》き地《ち》にやってきた。

「確《たし》かに地面《じめん》は黒土《くろつち》ね。あ！ あれを見《み》て！」

美希《みき》の指《ゆび》さした先《さき》に大《おお》きな倉庫《そうこ》が立《た》っていた。だいぶ古《ふる》い建物《たてもの》のようだ。

「あれってたしか、何年《なんねん》も前《まえ》に使《つか》われなくなった倉庫《そうこ》だよね」

「コンクリートの粉《こな》、クモの巣《す》の糸《いと》とも条件《じょうけん》が合《あ》う。行《い》ってみよう」

真実《しんじつ》は倉庫《そうこ》に近《ちか》づくと、ためらうことなく扉《とびら》を開《あ》けた。
中《なか》では、20人《にん》ほどの若者《わかもの》や大人《おとな》たちが作業《さぎょう》をしていた。
壁《かべ》に板《いた》を打《う》ちつけ補強《ほきょう》している者《もの》。
たくさんの荷物《にもつ》を運《はこ》び込《こ》んでいる者《もの》。

みんなひたいに汗《あせ》をかき、一生懸《いっしょうけん》命《めい》に働《はたら》いている。

その中《なか》に健太《けんた》の姿《すがた》もあった。汗《あせ》だくで大《おお》きな段《だん》ボールの箱《はこ》を抱《かか》えていた。

「健太《けんた》くん！」

美希《みき》が駆《か》け寄《よ》って声《こえ》をかけると、健《けん》太《た》はあわてた。

「ああっ！ 美希《みき》ちゃん、真実《しんじつ》くん！ どうしてここに!?」

「どうしてじゃないでしょ！ なんでわたしたちに内緒《ないしょ》でこんなところにいるの？」

健《けん》太《た》は困《こま》ってまわりを見渡《みわた》した。そばにいた仲間《なかま》たちも作業《さぎょう》の手《て》を休《やす》め、真実《しんじつ》たちを見《み》つめている。

やがて健《けん》太《た》は、つぶやくように小声《こごえ》で話《はな》し始《はじ》めた。

「……誰《だれ》にも言《い》わないほうがいいって言《い》われたんだ。町《まち》の人《ひと》に知《し》られたらパ

ニックになるからって。それにきっと、話《はな》しても真実《しんじつ》くんは信《しん》じてくれないだろうって」

「パニック？　真実《しんじつ》くんは信《しん》じない？　いったい誰《だれ》に言《い》われたの？」

「カオスさんだよ。ぼくたちはカオスさんに頼《たの》まれて、この倉庫《そうこ》をたくさんの人《ひと》たちが避難《ひなん》できるシェルターに作《つく》り変《か》えてるんだ」

「カオスですって!?　あんなやつの言《い》うことを聞《き》くなんて、どういうつもり!?」

大《おお》きな声《こえ》を出《だ》す美希《みき》に、健太《けんた》も負《ま》けじと言《い》い返《かえ》す。

「心《こころ》を入《い》れ替《か》えたんだよ！　みんなに悪《わる》いことをしたって。だから大《おお》きな災害《さいがい》から町《まち》の人《ひと》たちを守《まも》りたいって！」

「大《おお》きな災害《さいがい》？　どういうことだい？」

真実《しんじつ》が聞《き》くと、健太《けんた》は倉庫《そうこ》の壁《かべ》を指《ゆび》さした。

「あれだよ」

机《つくえ》の上《うえ》に置《お》かれた「予言《よげん》の鏡《かがみ》」に、ライトで光《ひかり》が当《あ》てられていた。

鏡《かがみ》に反射《はんしゃ》した光《ひかり》が、壁《かべ》に文字《もじ》を映《うつ》し出《だ》している。

【見《み》エヌ　嵐《あらし》ガ　世《よ》ヲ　ホロボス】

「この鏡《かがみ》が未来《みらい》を予言《よげん》すると、カオスはそう言《い》ったのかい？」

真実《しんじつ》は鏡《かがみ》を手《て》に取《と》ると、フタを開《あ》けるようにパカッと鏡《かがみ》を取《と》りはずした。

「やっぱりだ」

鏡《かがみ》の裏側《うらがわ》をみんなに見《み》せると、健太《けんた》が声《こえ》をあげた。

「あっ！　鏡《かがみ》の裏《うら》に文字《もじ》が！」

そこには【見《み》エヌ　嵐《あらし》ガ　世《よ》ヲ　ホロボス】という文字《もじ》が彫《ほ》られていたのだ。

「これは『魔鏡《まきょう》』といってね。鏡《かがみ》の裏《うら》に模様《もよう》を彫《ほ》ると、鏡《かがみ》の表側《おもてがわ》にもわずかに凹凸《おうとつ》ができる。そこに光《ひかり》を当《あ》てると、光《ひかり》が凹凸《おうとつ》に反射《はんしゃ》して壁《かべ》に模様《もよう》を映《うつ》すんだよ」

「ほらね、またカオスにだまされてるのよ。しっかりしてよ健太《けんた》くん！」

美希《みき》が心配《しんぱい》そうに言《い》うと、健太《けんた》は顔《かお》をあげた。

まっすぐ、力強《ちからづよ》く美希《みき》と真実《しんじつ》を見《み》つめていた。

「それでも……カオスさんがみんなを助《たす》けたい気持《きも》ちは本当《ほんとう》だよ。シェルターを作《つく》ればみん

魔鏡《まきょう》のしくみ

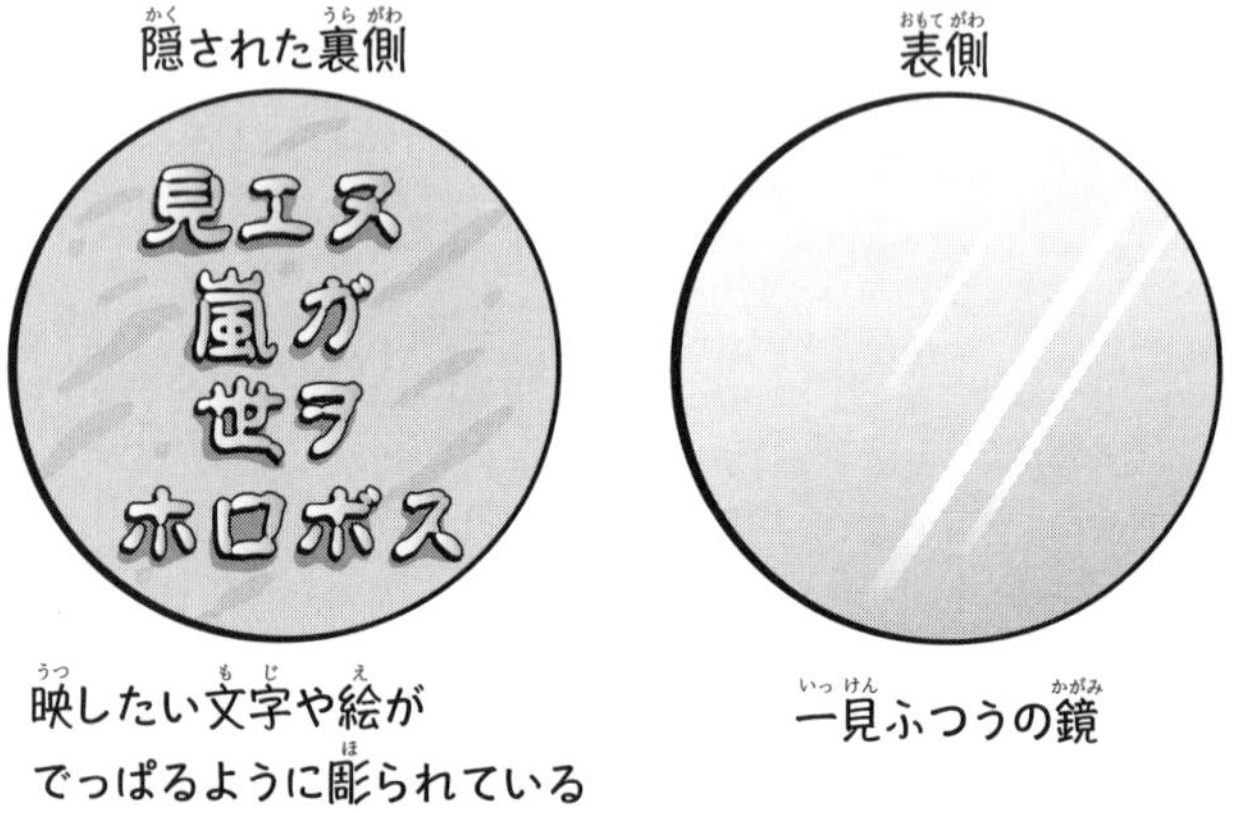
隠《かく》された裏側《うらがわ》
表側《おもてがわ》
見エヌ
嵐ガ
世ヲ
ホロボス
映《うつ》したい文字《もじ》や絵《え》が
でっぱるように彫《ほ》られている
一見《いっけん》ふつうの鏡《かがみ》

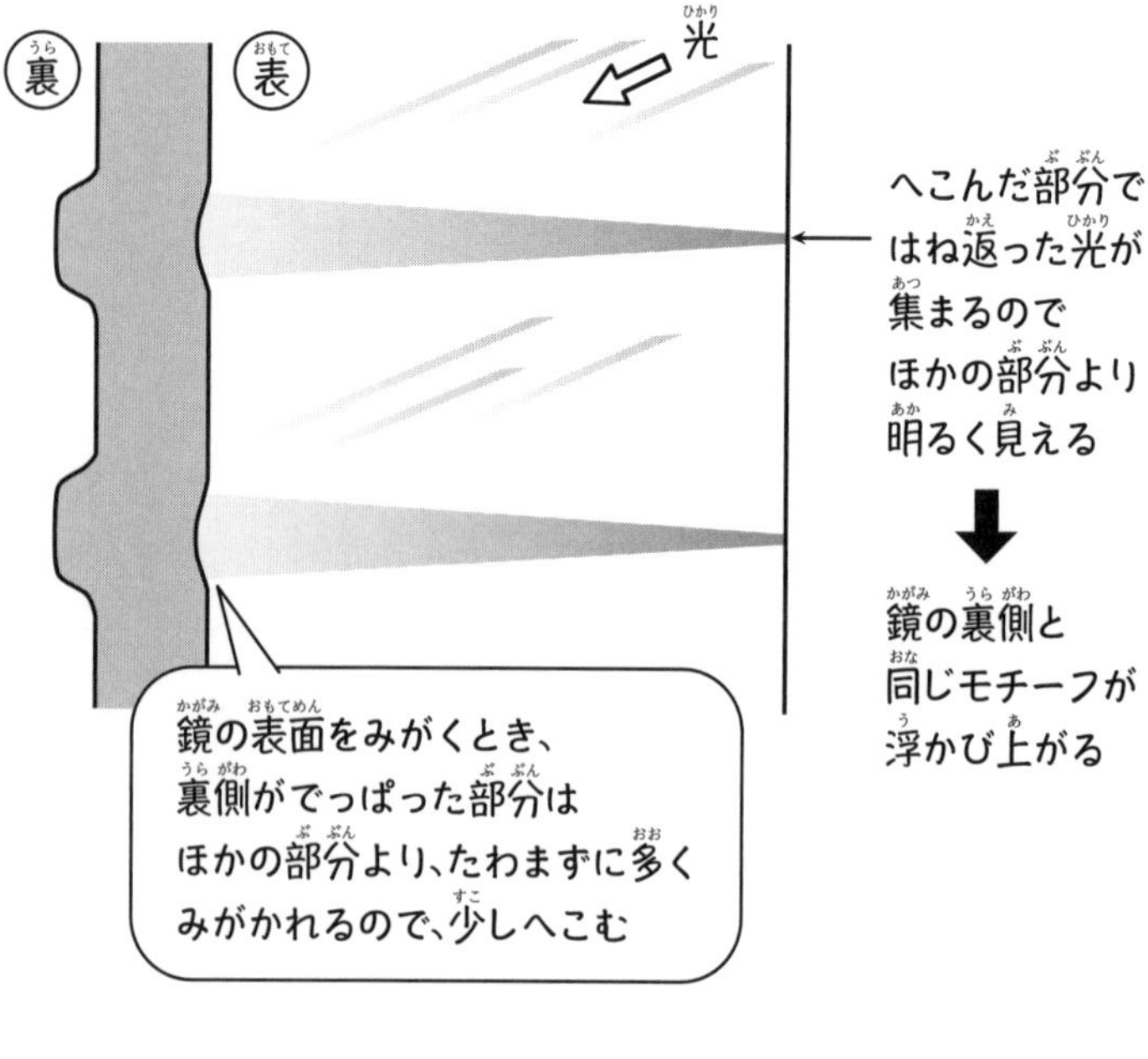
裏《うら》
表《おもて》
光《ひかり》
へこんだ部分《ぶぶん》で
はね返《かえ》った光《ひかり》が
集《あつ》まるので
ほかの部分《ぶぶん》より
明《あか》るく見《み》える
鏡《かがみ》の裏側《うらがわ》と
同《おな》じモチーフが
浮《う》かび上《あ》がる
鏡《かがみ》の表面《おもてめん》をみがくとき、
裏側《うらがわ》がでっぱった部分《ぶぶん》は
ほかの部分《ぶぶん》より、たわまずに多《おお》く
みがかれるので、少《すこ》しへこむ

なの役《やく》に立《た》つって、毎晩遅《まいばんおそ》くまで重《おも》たい荷物《にもつ》を運《はこ》んでるんだ。ぼくはカオスさんを信《しん》じる。ぼくたちは間違《まちが》ったことはしてないよ！」

「健太《けんた》くん……」

美希《みき》がまわりを見《み》ると、いつの間《ま》にか倉庫内《そうこない》の仲間《なかま》たちに囲《かこ》まれていた。

「俺《おれ》たちは人助《ひとだす》けをしようとしてるだけだ！」

「じゃまをするなら帰《かえ》ってくれ！」

彼《かれ》らは怒《いか》りに満《み》ちた目《め》で真実《しんじつ》たちをにらみつけている。

「美希《みき》さん、ここはいったん外《そと》へ出《で》よう」

真実《しんじつ》に促《うなが》され、ふたりは倉庫《そうこ》の出口《でぐち》へと向《む》かった。

健太《けんた》はその背中《せなか》を見《み》つめていたが、仲間《なかま》に肩《かた》をたたかれると作業《さぎょう》へ戻《もど》った。

倉庫《そうこ》からの帰《かえ》り道《みち》。真実《しんじつ》と美希《みき》の足取《あしど》りは重《おも》かった。

「カオスは本当《ほんとう》に心《こころ》を入《い》れ替《か》えたのかな……？」

美希《みき》はそうつぶやくと、足《あし》を止《と》めた。

「ねえ、鏡《かがみ》の予言《よげん》にあった『見《み》エヌ嵐《あらし》』って何《なん》のことだと思《おも》う？」

「ぼくも気《き》になっていた。もしかしたら『磁気嵐《じきあらし》』のことかもしれない」

「磁気嵐《じきあらし》？」

「ああ、太陽《たいよう》の表面《ひょうめん》で起《お》きる『太陽《たいよう》フレア』と呼《よ》ばれる爆発《ばくはつ》が原因《げんいん》で生《しょう》じる現象《げんしょう》だよ。爆発《ばくはつ》とともに宇宙《うちゅう》に放出《ほうしゅつ》された強《つよ》いエネルギーが地球《ちきゅう》に届《とど》いて、さまざまな障害《しょうがい》を起《お》こすんだ。まさに目《め》に見《み》えない嵐《あらし》だよ」

真実《しんじつ》の言葉《ことば》に、美希《みき》は顔《かお》をくもらせた。

「予言《よげん》では『世《よ》ヲホロボス』って……。その『磁気嵐《じきあらし》』が起《お》きるとどうなるの？」

真実《しんじつ》は小《ちい》さくうなずき、言葉《ことば》を続《つづ》けた。

「もしも、百年《ひゃくねん》に一度《いちど》起《お》きるという巨大《きょだい》な『太陽《たいよう》フレア』が起《お》きた場合《ばあい》……爆発《ばくはつ》から8分《ぷん》後《ご》、光《ひかり》の速《はや》さで強《つよ》い電磁波《でんじは》が地球《ちきゅう》に届《とど》く。それによって、携帯電話《けいたいでんわ》や無線《むせん》、テレビなどの通《つう》信《しん》、放送機器《ほうそうきき》が使《つか》えなくなる。30分後《ぷんご》には高《こう》エネルギーの粒子《りゅうし》が届《とど》き、気象衛星《きしょうえいせい》や、GPS《ジーピーエス》衛星《えいせい》などの人工衛星《じんこうえいせい》を故障《こしょう》させる。そしておよそ2日後《ふつかご》、電気《でんき》を帯《お》びたガスが届《とど》き、各地《かくち》に大停電《だいていでん》を引《ひ》き起《お》こす」

美希《みき》は息《いき》をのんだ。

「そんな……わたしたちの暮《く》らしがメチャクチャになっちゃうのね」

ゴゴウと冷《つめ》たい風《かぜ》がふたりのあいだを吹《ふ》き抜《ぬ》ける。

「美希《みき》さん、調《しら》べたいことがあるんだ。新聞部《しんぶんぶ》の部室《ぶしつ》に寄《よ》ってもいいかい？」

新聞部《しんぶんぶ》のパソコン画面《がめん》に「宇宙天気予報《うちゅうてんきよほう》」と書《か》かれたページが表示《ひょうじ》された。

「いったいなんなの？ 宇宙《うちゅう》にも天気予報《てんきよほう》があるの？」

爆発《ばくはつ》から8分後《ぷんご》
太陽《たいよう》と地球《ちきゅう》との距離《きょり》は、約《やく》1・5億《おく》キロメートル。光《ひかり》が1秒間《びょうかん》に進《すす》む距離《きょり》は約《やく》30万《まん》キロメートルなので、太陽《たいよう》から地球《ちきゅう》に光《ひかり》が届《とど》くのに、約《やく》8分《ぷん》かかる。

画面《がめん》をのぞきこんだ美希《みき》がたずねる。

「ああ。大《おお》きな『太陽《たいよう》フレア』が起《お》きる心配《しんぱい》がないか、太陽《たいよう》の状態《じょうたい》を観《かん》測《そく》して予報《よほう》を出《だ》しているんだ」

そう言《い》って真実《しんじつ》は、「現在《げんざい》の太《たい》陽《よう》」と書《か》かれた太陽《たいよう》の画像《がぞう》を指《ゆび》さした。

「ほら見《み》て。太陽《たいよう》の中《なか》に『黒点《こくてん》』という黒《くろ》い点《てん》がある。『太陽《たいよう》フレア』は『黒点《こくてん》』のまわりで発生《はっせい》することが多《おお》いんだ。だから『黒点《こくてん》』の数《かず》が増《ふ》えたり大《おお》きくなっていたりしたら、危険《きけん》な状態《じょうたい》ってわけさ」

美希《みき》が目《め》を細《ほそ》めて見《み》ると、「黒点《こくてん》」は黒《くろ》いアメーバのように、ドロリドロリと形《かたち》を変《か》えて動《うご》いていた。

「……まるで生《い》きてるみたい。で、どう!? 今《いま》は大丈夫《だいじょうぶ》なの!?」

「大丈夫《だいじょうぶ》。『黒点《こくてん》』は小《ちい》さいし、数《かず》も少《すく》ない。警戒《けいかい》レベルもいちばん低《ひく》いよ」

画面《がめん》には「太陽《たいよう》フレア」「警戒《けいかい》レベル1」と表示《ひょうじ》されていた。

「……よかった。今《いま》すぐに『磁気嵐《じきあらし》』が起《お》きる心配《しんぱい》はなさそうね」

美希《みき》はホッとため息《いき》をついたが、真実《しんじつ》は画面《がめん》の黒点《こくてん》をじっと見《み》つめていた。

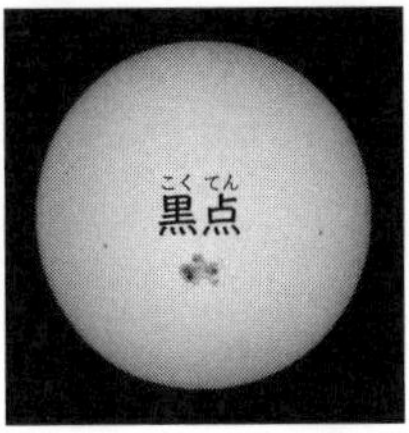

黒点《こくてん》
太陽《たいよう》の表面《ひょうめん》にある、黒《くろ》い点《てん》のように見《み》える部分《ぶぶん》のこと。まわりより温度《おんど》が低《ひく》いため、黒《くろ》く見《み》えている。ほかの部分《ぶぶん》より、強《つよ》い磁力《じりょく》を持《も》つ。

●

そのころ……倉庫《そうこ》の窓《まど》の外《そと》は日《ひ》が沈《しず》み、深《ふか》い闇《やみ》に包《つつ》まれていた。

カオスはひたいの汗《あせ》をタオルでぬぐうと、仲間《なかま》たちに声《こえ》をかけた。

「みんな、もうひといきだ。水《みず》と食料《しょくりょう》を運《はこ》び込《こ》めば、今日《きょう》の作業《さぎょう》は終了《しゅうりょう》だ」

「よーし！　あと少《すこ》しがんばろう！」

健太《けんた》は仲間《なかま》たちと一緒《いっしょ》に重《おも》たい段《だん》ボールを奥《おく》の部屋《へや》に運《はこ》んだ。

みるみるうちに段《だん》ボールが積《つ》み上《あ》がっていく。

段《だん》ボールの山《やま》を見上《みあ》げ、カオスは満足《まんぞく》げにつぶやいた。

「これだけの水《みず》と食料《しょくりょう》があれば多《おお》くの人《ひと》たちを救《すく》える。ああ、人《ひと》の役《やく》に立《た》つことをするのは、こんなにも心《こころ》が晴《は》れ晴れとするものだったのか……」

その声《こえ》は涙《なみだ》で震《ふる》えていた。その姿《すがた》を見《み》て健太《けんた》は確信《かくしん》した。

(カオスさんはもう黒魔術師《くろまじゅつし》なんかじゃない……！)

うれしくて健太《けんた》も涙《なみだ》があふれそうになった。

次《つぎ》の日《ひ》の放課後《ほうかご》。

いつものようにひとりで教室《きょうしつ》を飛《と》び出《だ》していく健太《けんた》。

その背中《せなか》を見《み》つめてため息《いき》をつく美希《みき》に、真実《しんじつ》が声《こえ》をかけた。

「気《き》になることがあってね。理科室《りかしつ》に行《い》くけど一緒《いっしょ》に来《く》るかい？」

「気《き》になることって？」

「太陽《たいよう》の『黒点《こくてん》』には活動《かつどう》のサイクルがあってね。およそ11年《ねん》の周期《しゅうき》で活動《かつどう》が弱《よわ》まる時期《じき》と、活発《かっぱつ》になる時期《じき》を繰《く》り返《かえ》しているんだ。本来《ほんらい》なら、今《いま》は活動《かつどう》が活発《かっぱつ》になる時期《じき》にあたる。『黒点《こくてん》』が大《おお》きかったり、たくさん見《み》えたりするはずなんだ」

「じゃあ、ゆうべわたしたちが見《み》た『宇宙天気予報《うちゅうてんきよほう》』の画像《がぞう》は何《なに》かの間違《まちが》いってこと？」

「そう思《おも》ってインターネットで調《しら》べてみたんだ。だけど、最近《さいきん》の太陽《たいよう》の画像《がぞう》は出《で》てこなかった」

「えっ？　いったいどういうことなの？」

「太陽《たいよう》はいろんな人《ひと》が観測《かんそく》している。天体《てんたい》ファンのような人《ひと》もね。でも、彼《かれ》らのサイトにつながらないんだ。いくら試《ため》しても、誰《だれ》にもつながらない」

「そんなことがあるなんて……なんだか変《へん》ね」

「だから、自分《じぶん》の目《め》で太陽《たいよう》を調《しら》べてみようと思《おも》ってね。学校《がっこう》の天体望遠鏡《てんたいぼうえんきょう》を貸《か》してほしいって頼《たの》んだのさ」

理科室《りかしつ》の扉《とびら》を開《あ》けると、大前先生《おおまえせんせい》が電話《でんわ》をかけていた。

「そうですか……。はい、ええ、わかりました」

大前先生《おおまえせんせい》は電話《でんわ》を切《き》ると「どうなってるんだ!?」と頭《あたま》をかかえた。

「どうかしたんですか、先生《せんせい》」

「ああ、謎野《なぞの》。すまないが天体望遠鏡《てんたいぼうえんきょう》は貸《か》し出《だ》せない。どこを探《さが》しても見《み》つからないんだ。1週間前《しゅうかんまえ》は確《たし》かにあったはずなのに……」

「なくなったんですか？」

「それだけじゃない。貸《か》してもらおうと隣《となり》の小学校《しょうがっこう》に電話《でんわ》したら、そこの天体望遠鏡《てんたいぼうえんきょう》もなくなっていたんだ。うわさでは花森町《はなもりちょう》のあちこちで同《おな》じことが起《お》きているらしい」

「そんな……」

美希《みき》は驚《おどろ》いて真実《しんじつ》を見《み》た。真実《しんじつ》は口元《くちもと》に手《て》をあてて考《かんが》えている。

「つながらない天体《てんたい》ファンのサイト……そして、消《き》えた天体望遠鏡《てんたいぼうえんきょう》……まるで誰《だれ》かが、太陽《たいよう》の姿《すがた》を見《み》せないようにしてるみたいだ」

「でも、『宇宙天気予報《うちゅうてんきよほう》』の画像《がぞう》は見《み》られたわ」

「だから気《き》になるんだ。ネットで見《み》られる画像《がぞう》は、本来《ほんらい》の『黒点《こくてん》』のサイクルとは違《ちが》うものだ……。もしかしたら、データがすり替《か》えられているのかもしれない」

真実《しんじつ》の意外《いがい》な言葉《ことば》に、美希《みき》は息《いき》をのんだ。

「そんなこと、いったい誰《だれ》が……。もしかしてカオス? でもいくらカオスでも、山《やま》ほどのサイトをブロックしたり、町中《まちじゅう》の天体望遠鏡《てんたいぼうえんきょう》を盗《ぬす》むなんて、できるわけないわ」

真実《しんじつ》は、眼鏡《めがね》の奥《おく》で目《め》を細《ほそ》めた。

「もしかしたらこの事件《じけん》の裏《うら》では、もっと大《おお》きな何《なに》かが動《うご》いてるのかもしれない。とにかく一刻《いっこく》も早《はや》く、自分《じぶん》の目《め》で太陽《たいよう》を調《しら》べないと」

そう言《い》うと真実《しんじつ》は身《み》をひるがえし、理科室《りかしつ》を飛《と》び出《だ》していった。

「ちょっと待《ま》ってよ、真実《しんじつ》くん！」

あわてて追《お》いかける美希《みき》。真実《しんじつ》に追《お》いついたのは学校《がっこう》の中庭《なかにわ》だった。

花壇《かだん》の花《はな》が風《かぜ》に揺《ゆ》れ、池《いけ》の水《みず》はキラキラと太陽《たいよう》の光《ひかり》を反射《はんしゃ》している。

「もしかして、ここで太陽《たいよう》を調《しら》べるつもり？　天体望遠鏡《てんたいぼうえんきょう》も何《なに》もないのにどうやって⁉」

「大丈夫《だいじょうぶ》。これを使《つか》えば太陽《たいよう》を観察《かんさつ》できるはずだよ」

そう言《い》って真実《しんじつ》が取《と》り出《だ》したのは、１枚《まい》の白《しろ》い紙《かみ》だった。

太陽《たいよう》の光《ひかり》を浴《あ》びた木々《きぎ》の葉《は》がザワザワと揺《ゆ》れた。

●

そのころ。

本棚《ほんだな》に魔術書《まじゅつしょ》が並《なら》ぶ書斎《しょさい》で、カオスは何者《なにもの》かと電話《でんわ》をしていた。

「きみたちのおかげで計画《けいかく》は順調《じゅんちょう》に進《すす》んでいるよ」

机《つくえ》の上《うえ》のパソコンには「宇宙天気予報《うちゅうてんきよほう》」のホームページが表示《ひょうじ》されている。

「人々《ひとびと》がインターネットで見《み》ているのは偽《いつわ》りの太陽《たいよう》の姿《すがた》だ。きみたちが観測施設《かんそくしせつ》をハッキングしてデータを差《さ》し替《か》えてくれたおかげだよ」

キーボードを操作《そうさ》するカオス。パソコンの画面《がめん》が切《き》り替《か》わった。

「これが本当《ほんとう》の今《いま》の太陽《たいよう》の姿《すがた》……なんと美《うつく》しい」

画面《がめん》に映《うつ》し出《だ》された太陽《たいよう》には、巨大《きょだい》な「黒点《こくてん》」がたくさん浮《う》かびあがっていた。

「一部《いちぶ》の天体観測者《てんたいかんそくしゃ》は、この事態《じたい》に気《き》づいているだろう。だが、世界中《せかいじゅう》に仲間《なかま》を持《も》つきみたちが、彼《かれ》らの声《こえ》をもみ消《け》してくれている」

カオスは目《め》を細《ほそ》め、低《ひく》い声《こえ》で笑《わら》った。

「フフフ……人々《ひとびと》は本当《ほんとう》の太陽《たいよう》の姿《すがた》も知《し》らず、なんの準備《じゅんび》もできないまま、突然《とつぜん》『磁気嵐《じきあらし》』に襲《おそ》われるのだ。やがて彼《かれ》らは、わたしが作《つく》ったシェルターに救《すく》いを求《もと》めて集《あつ》まるだろう。そのときこそ、わたしの願《ねが》いがかなうのだ！」

やがて、「黒点《こくてん》」のまわりで激《はげ》しく光《ひかり》が点滅《てんめつ》した。

巨大《きょだい》な炎《ほのお》が次々《つぎつぎ》に噴《ふ》き上《あ》がり始《はじ》める。

「おお……予想《よそう》どおり始《はじ》まったようだ。なんと巨大《きょだい》な『太陽《たいよう》フレア』だ！」

カオスはうっとりして息《いき》を吐《は》くと、腕時計《うでどけい》に目《め》をやった。

「太陽《たいよう》フレアが発生《はっせい》した8分後《ぷんご》、地球《ちきゅう》に強《つよ》い電磁波《でんじは》が押《お》し寄《よ》せ、通信《つうしん》・放送機器《ほうそうきき》が打撃《だげき》を受《う》ける。30分後《ぷんご》には地球周辺《ちきゅうしゅうへん》に到達《とうたつ》した高《こう》エネルギー粒子《りゅうし》によって、人工衛星《じんこうえいせい》が故障《こしょう》。GP《ジーピー》S《エス》が機能《きのう》しなくなる。フフフ、最高《さいこう》のショーの始《はじ》まりだ！」

書斎《しょさい》にカオスの笑《わら》い声《ごえ》が響《ひび》く。腕時計《うでどけい》の針《はり》は、午後《ごご》3時《じ》ちょうどを指《さ》していた。

●

健太《けんた》の家《いえ》のリビングの時計《とけい》は、3時《じ》10分《ぷん》を指《さ》している。

カバンに着替《きが》えをつめた健太《けんた》は、急《いそ》いで倉庫《そうこ》に向《む》かおうとしていた。

「それじゃあ、行《い》ってくるよ！」

そのときだった。母《はは》がワイドショーを見《み》ていたテレビから、臨時《りんじ》ニュースを告《つ》げるチャイム音《おん》が流《なが》れた。

カメラが切《き》り替《か》わり、男性《だんせい》アナウンサーがあわてたようすで原稿《げんこう》を読《よ》みあげる。

「ただいま入《はい》ったニュースです。日本各地《にほんかくち》の空港《くうこう》で、飛行中《ひこうちゅう》の旅客機《りょかくき》との無線《むせん》が途絶《とだ》えたもようです。管制塔《かんせいとう》は復旧《ふっきゅう》を試《こころ》みていますが、原因《げんいん》はわからず……」

次《つぎ》の瞬間《しゅんかん》、ザザザ……とテレビの画面《がめん》が乱《みだ》れて砂嵐《すなあらし》に包《つつ》まれた。

「あら、どうしたのかしら？　健太《けんた》、ラジオのスイッチを入《い》れてくれる？」

健太《けんた》はリビングに置《お》かれたラジオのスイッチを入《い》れた。

しかし、ザー――とノイズが流《なが》れるだけだった。

「おかしいな、ラジオもつながらないよ」

「なんだか、いやな予感《よかん》がするわ。お父《とう》さんに電話《でんわ》してみるわね」

健太《けんた》の母《はは》はスマホを手《て》にして、電話《でんわ》をかけた。

だが、何度《なんど》かけても呼《よ》び出《だ》し音《おん》が鳴《な》らない。

「どうなってるの!?　さっきからなんだかおかしいわ」

異変《いへん》が起《お》きている。

だが、それを知《し》る手段《しゅだん》も、外《そと》と連絡《れんらく》するすべも途絶《とだ》えてしまった。

健太《けんた》は不安《ふあん》に包《つつ》まれた。

（もしかして、これがカオスさんが予言《よげん》した『見《み》エヌ嵐《あらし》』？ だとしたら、早《はや》くシェルターに行《い》かないと……！）

「ごめん母《かあ》さん、だいじな用事《ようじ》があるんだ。ぼく行《い》かなきゃ！」

健太《けんた》は玄関《げんかん》を飛《と》び出《だ》すと、大通《おおどお》りに向《む》かって走《はし》りだした。

角《かど》を曲《ま》がった健太《けんた》は目《め》を疑《うたが》った。

いつもはすいているバス通《どお》りが、大渋滞《だいじゅうたい》していたのだ。

「いったい何《なに》があったんですか⁉」

健太《けんた》は近《ちか》くにいた中年《ちゅうねん》の男性《だんせい》に声《こえ》をかけた。

「この先《さき》の角《かど》で事故《じこ》があったらしいよ。ほら、去年《きょねん》から運転《うんてん》を始《はじ》めた自動運転《じどううんてん》のバスさ。突《とっ》然道《ぜんみち》をそれて、壁《かべ》に突《つ》っ込《こ》んだらしい。ＧＰＳ《ジーピーエス》で位置《いち》を測定《そくてい》しているから安全《あんぜん》だって言《い》われてたのになあ」

その言葉《ことば》に、健太《けんた》はあることを思《おも》い出《だ》した。
(真実《しんじつ》くんに聞《き》いたことがある。GPS《ジーピーエス》は人工《じんこう》衛星《えいせい》から出《だ》される電波《でんぱ》をとらえて位置《いち》を割《わ》り出《だ》しているって。もしかして人工衛星《じんこうえいせい》が故障《こしょう》したとか!?)

次《つぎ》の瞬間《しゅんかん》、シャシャシャシャ……という機械音《きかいおん》が頭上《ずじょう》から迫《せま》ってきた。
「危《あぶ》ない！」

健太《けんた》はとっさに目《め》の前《まえ》の中年男性《ちゅうねんだんせい》をかばい、その上《うえ》に覆《おお》いかぶさった。

ガシャーーン！

頭上《ずじょう》から勢《いきお》いよく落《お》ちてきたのは、カメラを積《つ》んだドローンだった。

「おい大丈夫《だいじょうぶ》か！」

近《ちか》くの工事現場《こうじげんば》から、作業服《さぎょうふく》を着《き》た男《おとこ》たちがあわてて駆《か》けつける。

「ドローンで建築現場《けんちくげんば》の測量《そくりょう》をしてたらいきなりコースをはずれて……！」

「おかしいな、GPS《ジーピーエス》で飛行《ひこう》ルートをコントロールしているはずなのに」

「やっぱりたいへんなことが起《お》きてるんだ。早《はや》くシェルターに行《い》かないと……！」

健太《けんた》は立《た》ちあがると、人《ひと》をかき分《わ》けながら進《すす》み始《はじ》めた。

鳴《な》り続《つづ》けるクラクションの音《おと》や、車《くるま》の衝突音《しょうとつおん》があちこちで聞《き》こえる。

混乱《こんらん》した人々《ひとびと》の声《こえ》も耳《みみ》に飛《と》び込《こ》んでくる。

「どうしたんだ!?　車《くるま》のナビがぜんぜん違《ちが》う場所《ばしょ》を指《さ》してるぞ」

「スマホが誰《だれ》にもつながらないわ！」

「ネットもSNS《エスエヌエス》もダメだ！　誰《だれ》とも連絡《れんらく》が取《と》れない！」

何《なに》が起《お》きているのかわからない。何《なに》も情報《じょうほう》が手《て》に入《はい》らない。

そのことが人々《ひとびと》の不安《ふあん》を大《おお》きくしていく。

「どこかで核《かく》ミサイルが爆発《ばくはつ》した影響《えいきょう》らしいぞ！」

「食料《しょくりょう》も水《みず》も買《か》えなくなるぞ！」

やがて人々《ひとびと》は我先《われさき》にコンビニへなだれ込《こ》み、手当《てあ》たり次第《しだい》に品物《しなもの》を奪《うば》い始《はじ》めた。

「そんな……こんなことになるなんて……！」

あまりの事態《じたい》に、健太《けんた》はぼうぜんと立《た》ちつくした。

そのとき、「健太《けんた》くん！」と呼《よ》ぶ声《こえ》がした。

振《ふ》り向《む》くと、倉庫《そうこ》で働《はたら》く仲間《なかま》が運転《うんてん》するバイクが止《と》まっていた。

「早《はや》くうしろに乗《の》って！」

健太《けんた》はヘルメットを受《う》け取《と》ると、後部《こうぶ》シートに飛《と》び乗《の》った。

グオン！とうなりをあげてバイクが走《はし》りだす。

「カオスさんの言《い》っていた嵐《あらし》が始《はじ》まったんだね！」

「きっとそうだ。町《まち》の人《ひと》たちに呼《よ》びかけてシェルターに避難《ひなん》してもらうんだ」
健太《けんた》は仲間《なかま》のリュックから拡声器《かくせいき》を取《と》り出《だ》すと、必死《ひっし》に呼《よ》びかけた。

「みなさーん。
あわてずに町《まち》の西《にし》にあるシェルターに避難《ひなん》してくださーい！
温《あたた》かい毛布《もうふ》に水《みず》と食料《しょくりょう》もありまーす！」

混乱《こんらん》する町中《まちなか》をバイクで走《はし》りながら、健太《けんた》は声《こえ》をからして叫《さけ》び続《つづ》けた。

健太《けんた》たちが倉庫《そうこ》に戻《もど》ったのは、日《ひ》が暮《く》れたころだった。
シェルターの中《なか》は避難《ひなん》してきた人《ひと》たちでいっぱいだった。
あわてて逃《に》げてきた人《ひと》、疲《つか》れ果《は》てている人《ひと》……健太《けんた》は声《こえ》をかけて回《まわ》った。
「ここにいれば大丈夫《だいじょうぶ》ですよ。安心《あんしん》してください」
健太《けんた》は体《からだ》の奥《おく》から力《ちから》がわいてくるのを感《かん》じていた。
（カオスさんは正《ただ》しかったんだ！　このシェルターでみんなを守《まも》るんだ！）

「食料庫《しょくりょうこ》を開《あ》けて、みんなに水《みず》と食《た》べ物《もの》を配《くば》ろう」

仲間《なかま》の指示《しじ》で、健太《けんた》たちは食料庫《しょくりょうこ》の扉《とびら》を開《あ》けた。


「ああっ！ これは!?」


扉《とびら》の向《む》こうの光景《こうけい》に健太《けんた》は声《こえ》をあげた。

山《やま》ほど積《つ》み上《あ》げた段《だん》ボールは姿《すがた》を消《け》し、わずかしか残《のこ》っていなかったのだ。

「たくさん運《はこ》び込《こ》んだはずなのに！ いったいどうして!?」

がくぜんとする健太《けんた》たちの背後《はいご》で、人々《ひとびと》がざわめき始《はじ》める。

「早《はや》く食《た》べ物《もの》をちょうだい」

「水《みず》が欲《ほ》しい……水《みず》をくれ……」

次《つぎ》の瞬間《しゅんかん》、倉庫《そうこ》に大《おお》きな音《おと》が響《ひび》いた。


ガーーン！ ガガーーン！

驚《おどろ》く人々《ひとびと》。やがて、入《い》り口《ぐち》の扉《とびら》を調《しら》べた人《ひと》たちが声《こえ》をあげる。

「入《い》り口《ぐち》が開《ひら》かない！」

「外《そと》からロックされてる！　閉《と》じ込《こ》められたぞ！」

人々《ひとびと》はたちまちパニックになり、叫《さけ》び声《ごえ》があちこちからあがった。

次《つぎ》の瞬間《しゅんかん》、壁《かべ》に取《と》り付《つ》けられたスピーカーから声《こえ》が響《ひび》いた。

「健太《けんた》くん……そしてわたしの仲間《なかま》たち。

町《まち》の人《ひと》たちをわたしの実験室《じっけんしつ》に連《つ》れてきてくれてありがとう」

それはカオスの声《こえ》だった。

健太《けんた》はハッとして叫《さけ》んだ。

「カオスさん!?　実験室《じっけんしつ》ってどういうこと!?」

「今《いま》から実験《じっけん》を始《はじ》めるのさ。

実験《じっけん》の内容《ないよう》は、『人《ひと》は自分《じぶん》が生《い》きのびるためなら
どれほど邪悪《じゃあく》になれるか』

どうかな？　とても興味深《きょうみぶか》いだろう」

健太《けんた》は眉《まゆ》をひそめた。カオスが何《なに》を言《い》っているのかわからなかった。

カオスはさらに言葉《ことば》を続《つづ》けた。

「みなさん、よく聞《き》いてほしい。

その場所《ばしょ》には、毛布《もうふ》も水《みず》も食料《しょくりょう》もあとわずかしかない。

わたしは、生《い》きたいと強《つよ》く願《ねが》う者《もの》に救《すく》いの手《て》を差《さ》しのべる。

つまり早《はや》い者勝《ものが》ちだ。

さあどうする?」

「そんな!? まさか、水《みず》や食料《しょくりょう》を減《へ》らしたのはカオスさんなの!?」

健太《けんた》は声《こえ》を震《ふる》わせた。その背後《はいご》で、人々《ひとびと》は顔《かお》を見合《みあ》わせた。

やがて、あちこちからどなり声《ごえ》があがりはじめた。

「**水《みず》はどこだ——っ!!**」

「**食《た》べ物《もの》を寄《よ》こせ——っ!!**」

人々《ひとびと》はまるで洪水《こうずい》のように食料庫《しょくりょうこ》へと押《お》し寄《よ》せた。

わずかな水《みず》と食料《しょくりょう》を守《まも》ろうとする健太《けんた》たちは人々《ひとびと》に囲《かこ》まれ、もみくちゃにされた。

「やめてっ!!　みんな落《お》ち着《つ》いて!!」

だが人々《ひとびと》は我先《われさき》に水《みず》と食料《しょくりょう》を奪《うば》い合《あ》い、パニックになっていく。

「寄《よ》こせーーっ!!」

「これはオレのもんだーーっ!!」

「やめて!　やめてーーっ!!」

健太《けんた》は必死《ひっし》に叫《さけ》ぶが、人々《ひとびと》は止《と》まらなかった。

「フハハハ!　叫《さけ》べ!　奪《うば》い合《あ》え!

醜《みにく》い姿《すがた》をさらけだすがいい!

人間《にんげん》の真《しん》の姿《すがた》を暴《あば》くことこそわたしの願《ねが》い、そして極上《ごくじょう》の喜《よろこ》びなのだ！」

カオスは高《たか》らかに笑《わら》い声《ごえ》をあげた。

「**カオスさん……！**

これがあなたのやりたかったことなの⁉ 心《こころ》を入《い》れ替《か》えたんじゃなかったの⁉ 信《しん》じてたのに……！」

必死《ひっし》に叫《さけ》ぶ健太《けんた》のほおをポロポロと涙《なみだ》が伝《つた》った……そのとき。

バターーン‼

倉庫《そうこ》の扉《とびら》が開《あ》き、こうこうとライトの光《ひかり》が差《さ》し込《こ》んだ。

光《ひかり》の中《なか》にふたりのシルエットが浮《う》かび上《あ》がる。

「真実《しんじつ》くん!?
美希《みき》ちゃん!?」

健太《けんた》がつぶやくと同時《どうじ》に、拡声器《かくせいき》を持《も》った美希《みき》が倉庫《そうこ》に駆《か》け込《こ》んできた。

「**みなさーん！　争《あらそ》う必要《ひつよう》はありませんよー。水《みず》も食料《しょくりょう》も毛布《もうふ》も、たーっぷり持《も》ってきましたからね！　外《そと》のようすも見《み》てくださーい。さっきまでの混乱《こんらん》も収《おさ》まりはじめてまーす！**」

人々《ひとびと》が外《そと》へ出《で》てみると……。

物資《ぶっし》を積《つ》んだトラックが倉庫《そうこ》の外《そと》に並《なら》んでいた。

町《まち》を見渡《みわた》すと、警官《けいかん》や町《まち》の人《ひと》たちが協力《きょうりょく》して交通整理《こうつうせいり》をしているのが見《み》えた。

コンビニの前《まえ》では、道行《みちゆ》く人《ひと》たちに非常食《ひじょうしょく》や水《みず》が配《くば》られている。

案内役《あんないやく》の人《ひと》が拡声器《かくせいき》で町《まち》の人々《ひとびと》に呼《よ》びかける声《こえ》が聞《き》こえた。

「心配《しんぱい》ありません。これは磁気嵐《じきあらし》という現象《げんしょう》です。放送機器《ほうそうきき》や通信機器《つうしんきき》が正常《せいじょう》に働《はたら》かないことがありますが、じきに直《なお》ります。落《お》ち着《つ》いて行動《こうどう》してください」

倉庫《そうこ》の中《なか》に残《のこ》った真実《しんじつ》と美希《みき》は健太《けんた》に駆《か》け寄《よ》った。

「健太《けんた》くん、大丈夫《だいじょうぶ》!?」

「美希《みき》ちゃん、真実《しんじつ》くん、ありがとう……！」

「磁気嵐《じきあらし》が始《はじ》まる少《すこ》し前《まえ》に、学校《がっこう》の中庭《なかにわ》で太陽《たいよう》を観察《かんさつ》したんだ。ぼくが見《み》た太陽《たいよう》には大《おお》きな黒点《こくてん》があった。それでカオスのたくらみに気《き》づいてね、すぐに役所《やくしょ》や、警察《けいさつ》、通信会社《つうしんがいしゃ》に連《れん》絡《らく》して、磁気嵐《じきあらし》の対策《たいさく》をお願《ねが》いしたんだよ」

スピーカーからカオスの声《こえ》が響《ひび》く。

「おのれ真実《しんじつ》！　おまえを警戒《けいかい》し、この町《まち》の学校《がっこう》や施設《しせつ》にある天体望遠鏡《てんたいぼうえんきょう》はすべて盗《ぬす》み出《だ》していたはずなのに……！」

すると真実《しんじつ》はポケットから白《しろ》い紙《かみ》を取《と》り出《だ》した。

「天体望遠鏡《てんたいぼうえんきょう》がなくても、この紙《かみ》に、あるものを映《うつ》せば太陽《たいよう》を観察《かんさつ》することができる。晴《は》れた日《ひ》に現《あらわ》れる、とても身近《みぢか》なものさ」

太陽《たいよう》を観察《かんさつ》するために、真実《しんじつ》が白《しろ》い紙《かみ》に映《うつ》したものとは？

1・花壇《かだん》の花《はな》の影《かげ》
2・池《いけ》の反射光《はんしゃこう》
3・木漏《こも》れ日《び》

何《なに》かを通《とお》した光《ひかり》を使《つか》うことで、太陽《たいよう》の姿《すがた》を投影《とうえい》できるんだ。

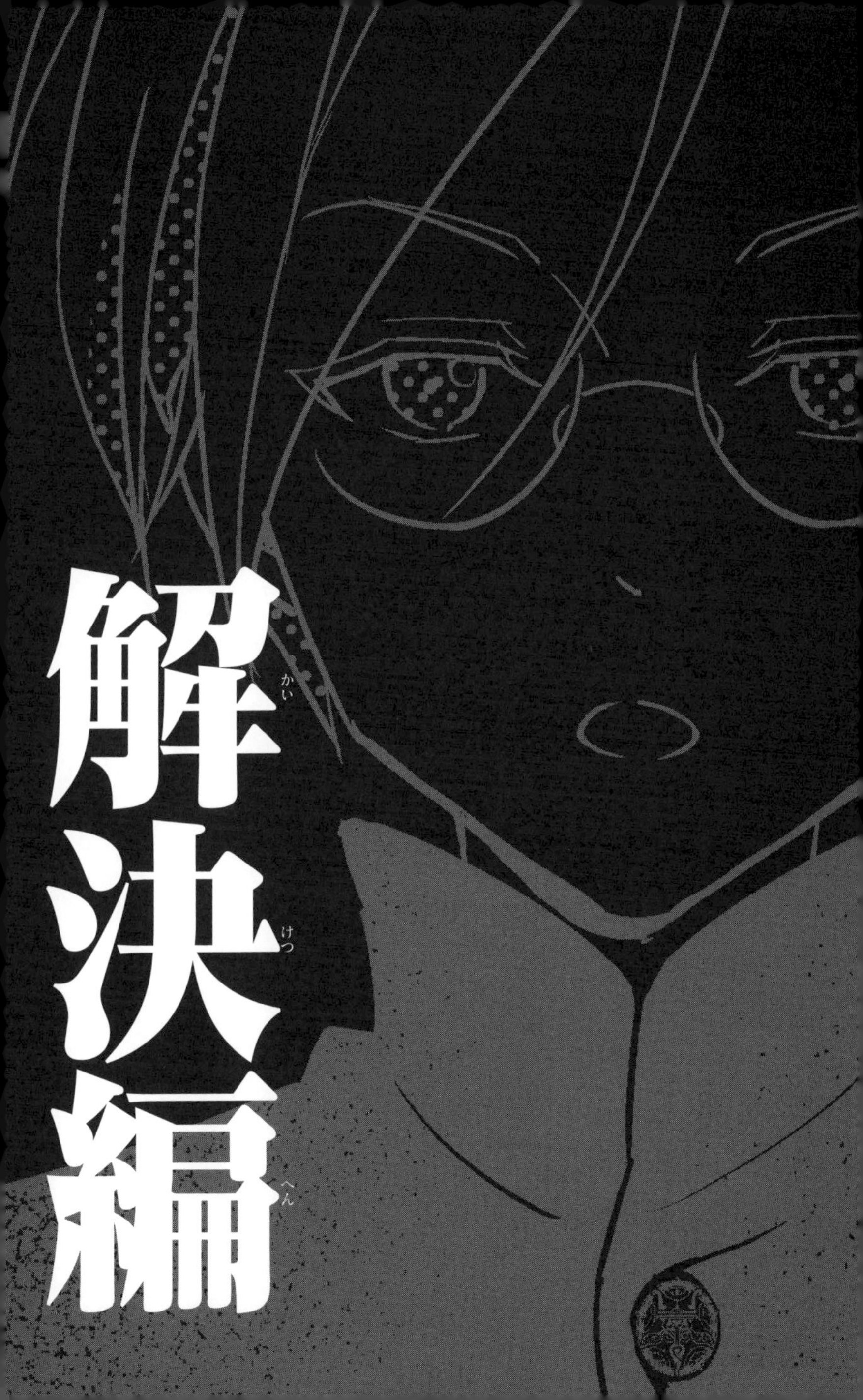

解《かい》決《けつ》編《へん》

「ぼくが中庭《なかにわ》で白《しろ》い紙《かみ》に映《うつ》したのは……『木漏《こも》れ日《び》』さ」

真実《しんじつ》の言葉《ことば》に、健太《けんた》は目《め》をパチクリさせた。

「木漏《こも》れ日《び》!?　それで太陽《たいよう》のようすがわかるの!?」

待《ま》ってましたとばかりに、美希《みき》が１枚《まい》の写真《しゃしん》を取《と》り出《だ》す。

「ジャーン！　わたしが撮《と》った証拠写真《しょうこしゃしん》！　よーく見《み》て！」

健太《けんた》が見《み》ると、それは地面《じめん》に置《お》いた紙《かみ》に映《うつ》る木漏《こも》れ日《び》を撮《と》った写真《しゃしん》だった。

地面《じめん》に落《お》ちた光《ひかり》のひとつひとつが、きれいな丸《まる》い形《かたち》をしている。

「木漏《こも》れ日《び》が太陽《たいよう》みたいに丸《まる》い……あっ！」

健太《けんた》は思《おも》わず声《こえ》をあげた。

丸《まる》い光《ひかり》の中《なか》に、黒《くろ》いシミのような影《かげ》がいくつか浮《う》かんでいるのが見《み》えたのだ。

「もしかして、これが太陽《たいよう》の黒点《こくてん》……!?」

驚《おどろ》いて顔《かお》をあげる健太《けんた》に、真実《しんじつ》はうなずいた。

「そう。小《ちい》さな穴《あな》を通《とお》った光《ひかり》は、壁《かべ》や地面《じめん》に像《ぞう》を映《うつ》し出《だ》す。木漏《こも》れ日《び》もそれと一緒《いっしょ》なんだ。葉《は》っぱと葉《は》っぱの小《ちい》さなすきまを通《とお》った太陽《たいよう》の光《ひかり》は、空《そら》に浮《う》かぶ太陽《たいよう》と同《おな》じ姿《すがた》を地面《じめん》に映《うつ》し出《だ》すんだ。ピンホールカメラと同《おな》じ原理《げんり》さ」

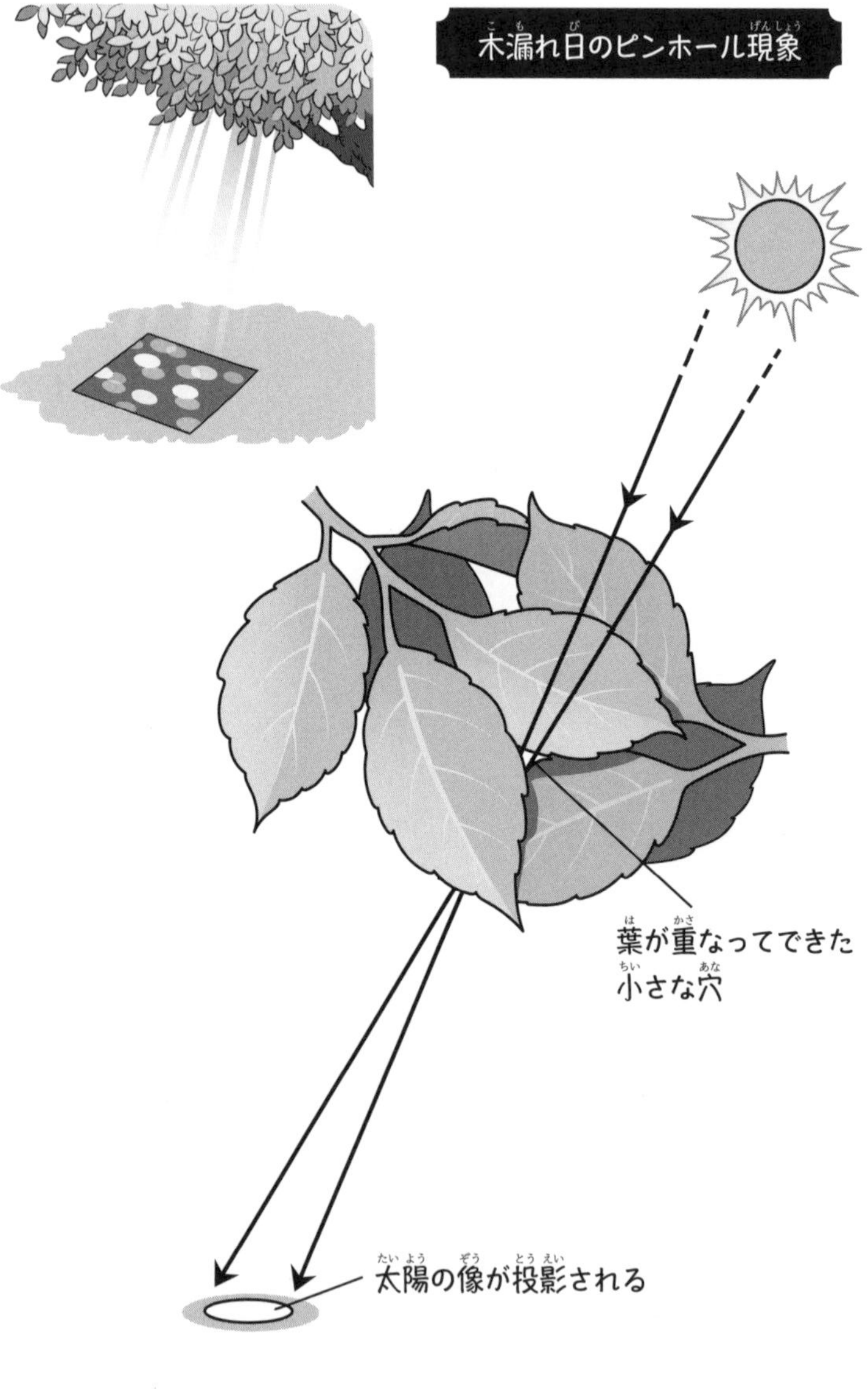
木漏《こも》れ日《び》のピンホール現象《げんしょう》
葉《は》が重《かさ》なってできた小《ちい》さな穴《あな》
太陽《たいよう》の像《ぞう》が投影《とうえい》される

真実《しんじつ》の説明《せつめい》に健太《けんた》がハッとする。

「ピンホールカメラ、前《まえ》に聞《き》いたことがある。小《ちい》さな穴《あな》から光《ひかり》を通《とお》して、像《ぞう》を映《うつ》すんだよね」

「そのとおりさ。だから日食《にっしょく》で太陽《たいよう》が欠《か》ければ、地面《じめん》に映《うつ》る光《ひかり》も欠《か》けた形《かたち》になる。太陽《たいよう》に巨《きょ》大《だい》な黒点《こくてん》が現《あらわ》れれば、地面《じめん》に映《うつ》る光《ひかり》の中《なか》にも黒《くろ》い影《かげ》が見《み》えることがあるんだ」

「そんな方法《ほうほう》で黒点《こくてん》を見《み》つけたなんて、さすが真実《しんじつ》くん！」

健太《けんた》が声《こえ》をあげると、スピーカーから、くやしがるカオスの声《こえ》が響《ひび》いた。

ピンホールカメラ
小《ちい》さな穴《あな》を通《とお》った光《ひかり》によって、レンズもないのにまるでカメラのように像《ぞう》を映《うつ》し出《だ》すことができるしくみ。くわしくは、『科学《かがく》探偵《たんてい》怪奇《かいき》事件《じけん》ファイル 襲来《しゅうらい》！宇宙人《うちゅうじん》の謎《なぞ》』を見《み》よう。

「くそう……だが、わたしがいる場所《ばしょ》はわからないだろう。わたしを捕《と》らえない限《かぎ》り、黒魔術《くろまじゅつ》の恐怖《きょうふ》は終《お》わらないぞ！」

しかし、真実《しんじつ》は落《お》ち着《つ》いた声《こえ》で答《こた》えた。

「どうかな。あなたにはもう逃《に》げ場《ば》はない」

「なにっ⁉　いったいどういう意味《いみ》だ⁉」

「あなたのたくらみに気《き》づいたとき、こう推理《すいり》したんだ。用心深《ようじんぶか》いあなたは、きっと別《べっ》の場《ば》所《しょ》からシェルターに連絡《れんらく》してくるはずだと。しかし、磁気嵐《じきあらし》の中《なか》では携帯電話《けいたいでんわ》やコードレス電話《でんわ》など、電波《でんぱ》に頼《たよ》る電話《でんわ》は使《つか》えない。だとしたら磁気嵐《じきあらし》の影響《えいきょう》を受《う》けない、コードでつながった『有線《ゆうせん》』の電話《でんわ》を使《つか》うはずだとね。その推理《すいり》は当《あ》たっていたよ」

「ま、まさか……！」

「刑事《けいじ》さんに頼《たの》んだんだ。シェルターに避難《ひなん》する人《ひと》たちにまぎれて、倉庫《そうこ》の中《なか》を調《しら》べてほしいとね。そして見《み》つかったよ。今《いま》、あなたの声《こえ》が聞《き》こえるスピーカーは、『有線《ゆうせん》』の古《ふる》い黒《くろ》電話《でんわ》につながっている」

「どういうこと？　電話《でんわ》が『有線《ゆうせん》』だとどうなるの？」

首《くび》をかしげる健太《けんた》に、真実《しんじつ》が言葉《ことば》を続《つづ》ける。

「逆探知《ぎゃくたんち》ができるのさ。逆探知《ぎゃくたんち》をすれば、電話《でんわ》をかけている相手《あいて》の居場所《いばしょ》がわかる。黒魔術師《くろまじゅつし》カオス……あなたの声《こえ》がスピーカーから聞《き》こえているあいだに、刑事《けいじ》さんに逆探知《ぎゃくたんち》してもらったよ。あなたがいる場所《ばしょ》は、今《いま》ごろ警察《けいさつ》に囲《かこ》まれているはずさ」

「なんだとっ！」

次《つぎ》の瞬間《しゅんかん》、スピーカーから、激《はげ》しくドアをたたく音《おと》が聞《き》こえた。

「警察《けいさつ》だ！　この建物《たてもの》は包囲《ほうい》されている！　おとなしくドアを開《あ》けろ！」

「おのれ真実《しんじつ》！　わたしは必《かなら》ず戻《もど》ってくるからな！」

シェルターを震《ふる》わすような叫《さけ》び声《ごえ》を最後《さいご》に、音声《おんせい》はプツリと切《き》れた。

●

かくしてカオスは逮捕《たいほ》された。

磁気嵐《じきあらし》の発生《はっせい》から2日後《ふつかご》。大《おお》きな停電《ていでん》が発生《はっせい》したが、電力会社《でんりょくがいしゃ》の懸命《けんめい》な作業《さぎょう》のおかげで、数時間《すうじかん》で元《もと》に戻《もど》った。

さらに、テレビが映《うつ》りにくく携帯電話《けいたいでんわ》がつながりにくい状況《じょうきょう》が2週間《しゅうかん》ほど続《つづ》いた。

被害《ひがい》は世界中《せかいじゅう》で発生《はっせい》したが、花森町《はなもりちょう》の人々《ひとびと》はもうパニックにはならなかった。

真実《しんじつ》の提案《ていあん》で、各家庭《かくかてい》のポストにチラシが配《くば》られていたのだ。

そこには、磁気嵐《じきあらし》が発生《はっせい》したあとには何《なに》が起《お》きるかが丁寧《ていねい》に書《か》かれていた。

3人《にん》で歩《ある》くいつもの帰《かえ》り道《みち》。健太《けんた》がつぶやく。

「少《すこ》しくらい不便《ふべん》でも、何《なに》が起《お》きるかわかっていれば安心《あんしん》だね」

「反対《はんたい》に、何《なに》が起《お》きるかわからないって怖《こわ》いものね……カオスはその心理《しんり》を利用《りよう》して、みんなをパニックに追《お》い込《こ》んだのね。黒魔術師《くろまじゅつし》……恐《おそ》ろしい相手《あいて》だったわ」

美希《みき》が言《い》うと、真実《しんじつ》は足《あし》を止《と》めて夕日《ゆうひ》を見《み》つめた。

「カオスのように力《ちから》を悪用《あくよう》する者《もの》もいたかもしれない。けれどぼくはこう思《おも》うんだ。『魔術《まじゅつ》師《し》』たちのおかげで『科学《かがく》』が生《う》まれたってね」

意外《いがい》な言葉《ことば》に、健太《けんた》は美希《みき》と顔《かお》を見合《みあ》わせた。

「どういうこと？」

「はるか昔《むかし》、『魔術師《まじゅつし》』たちは薬草《やくそう》を煎《せん》じ、金属《きんぞく》から金《きん》を作《つく》り出《だ》そうとした。彼《かれ》らがやっていたことは、まさに『科学《かがく》』だったんだ。『魔術師《まじゅつし》』たちの努力《どりょく》のおかげで、人々《ひとびと》の暮《く》らしは豊《ゆた》かに、便利《べんり》になったんだ」

「そっか。それじゃあ、真実《しんじつ》くんの先祖《せんぞ》も魔術師《まじゅつし》だったかもしれないね」

健太《けんた》がイタズラっぽく言《い》うと真実《しんじつ》はほほえんだ。そのとき……。

「健太《けんた》くん！」

その声《こえ》に振《ふ》り向《む》くと、倉庫《そうこ》の仲間《なかま》たちが手《て》を振《ふ》っていた。

「みんな！　元気《げんき》にしてた？」

「ああ、あれからみんなで話《はな》し合《あ》ったんだ」

「人《ひと》の役《やく》に立《た》ちたい思《おも》いは間違《まちが》ってない。これからも別《べつ》のことで頑張《がんば》ろうってね」

仲間《なかま》たちの言葉《ことば》に、健太《けんた》は「うんうん」とうなずいた。

「そうだね！ ぼくも頑張《がんば》るよ！」

健太《けんた》が笑顔《えがお》を見《み》せた瞬間《しゅんかん》、仲間《なかま》のひとりのスマホが鳴《な》った。

電話《でんわ》に出《で》ると、眉《まゆ》をひそめて真実《しんじつ》に目《め》をやった。

「誰《だれ》だかわからないけど、きみに代《か》わってほしいって」

スマホをあてた真実《しんじつ》の耳《みみ》に、聞《き》き覚《おぼ》えのある声《こえ》が響《ひび》く。

「フッフッフ……黒魔術師《くろまじゅつし》カオスを倒《たお》すとはな。

やはりキミは、たいしたやつだ」

「おまえは……！」

真実《しんじつ》の顔色《かおいろ》が変《か》わった。

4

SCIENCE TRICK DATA FILE

科学《かがく》トリック データファイル

磁《じ》気《き》嵐《あらし》について学《まな》ぼう

　太陽《たいよう》の表面《ひょうめん》で爆発《ばくはつ》が起《お》きることで、宇宙《うちゅう》に噴《ふ》き出《だ》された放射《ほうしゃ》線《せん》や電気《でんき》を帯《お》びた小《ちい》さな物質《ぶっしつ》が地球《ちきゅう》まで届《とど》き、地球《ちきゅう》の磁気《じき》を乱《みだ》すことを磁気嵐《じきあらし》と呼《よ》びます。

　アメリカのある機関《きかん》によると、電気《でんき》や電波《でんぱ》が使《つか》えなくなってしまい、最大《さいだい》で1兆《ちょう》～2兆《ちょう》ドル

地球《ちきゅう》のバリアを通《とお》り抜《ぬ》ける

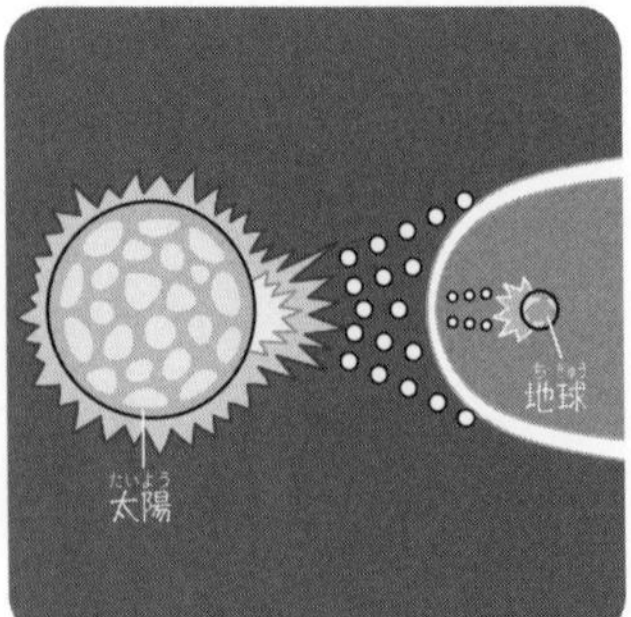

地球《ちきゅう》は磁場《じば》を持《も》っているため、太陽《たいよう》から噴《ふ》き出《だ》す有害物質《ゆうがいぶっしつ》から守《まも》られている。磁気嵐《じきあらし》はそれを通《とお》り抜《ぬ》けてしまう。

(約《やく》143兆《ちょう》〜286兆円《ちょうえん》)の損失《そんしつ》が出《で》ると試算《しさん》されています。実際《じっさい》に、2022年《ねん》にアメリカの企業《きぎょう》が打《う》ち上《あ》げた人工衛星《じんこうえいせい》が40基《き》以上《いじょう》も落《お》ちたのは、磁気嵐《じきあらし》が原因《げんいん》だったことがわかりました。

太陽《たいよう》の活動《かつどう》を予測《よそく》する研究《けんきゅう》によると、2025年《ねん》には大規模《だいきぼ》な磁気嵐《じきあらし》が起《お》きるといわれ、その被害《ひがい》を減《へ》らすための話《はな》し合《あ》いが日本《にほん》でも行《おこな》われています。

どんな被害《ひがい》が出《で》るの？

停電《ていでん》したり、ドローンや衛星《えいせい》が落《お》ちたり、テレビやラジオ、電話《でんわ》、ネットが止《と》まったりすることがある。

「……そうか、そういうことだったのか」

スマホを耳《みみ》に当《あ》てながら、真実《しんじつ》はつぶやく。

「真実《しんじつ》くん、どうしたの？」

健太《けんた》がたずねると、真実《しんじつ》は真剣《しんけん》な表情《ひょうじょう》で答《こた》えた。

「カオスには協力者《きょうりょくしゃ》がいた。そしてその協力者《きょうりょくしゃ》こそ、飯島善《いいじまぜん》だ」

「えええ⁇」

電話《でんわ》の向《む》こうにいるのは、飯島善《いいじまぜん》だった。

彼《かれ》は、真実《しんじつ》がかつて通《かよ》っていたエリート探偵育成学校《たんていいくせいがっこう》・ホームズ学園《がくえん》の元学園長《もとがくえんちょう》で、この学園《がくえん》の裏《うら》の顔《かお》「デビルホームズ」のリーダーである。

デビルホームズは、科学《かがく》を使《つか》ってナゾや怪奇現象《かいきげんしょう》をつくりだし、世界中《せかいじゅう》に送《おく》り込《こ》んでいる。

真実《しんじつ》は、そんなデビルホームズと今《いま》まで何度《なんど》も対決《たいけつ》をしてきた。

「そっか、デビルホームズが協力《きょうりょく》していたから、カオスは脱獄《だつごく》できたのね」

美希《みき》の言葉《ことば》に真実《しんじつ》はうなずく。

カオスが刑務所《けいむしょ》から脱獄《だつごく》するときに使《つか》った紫外線《しがいせん》を出《だ》す装置《そうち》やチューブを用意《ようい》したのは、おそらくデビルホームズなのだろう。

「真実《しんじつ》くん、カオスを脱獄《だつごく》させたのは、キミと勝負《しょうぶ》をさせたいと思《おも》ったからだよ」

電話《でんわ》の向《む》こうで、飯島善《いいじまぜん》が言《い》う。

「勝負《しょうぶ》？」

「カオスにキミの話《はなし》をしたら興味《きょうみ》を持《も》ってくれてねえ。思惑《おもわく》どおり動《うご》いてくれたよ」

「どうしてわざわざそんなことを？」

「決《き》まっているだろう。キミがカオスに勝《か》てるかどうかチェックするためだよ。キミはわたしの思《おも》ったとおり、あの黒魔術師《くろまじゅつし》に勝《か》つことができた。まさに、デビルホームズにふさわしい人材《じんざい》だ」

「ふざけるな！　ぼくはデビルホームズになど入《はい》らない」

それを聞《き》き、飯島善《いいじまぜん》はフッと笑《わら》った。

「そう言《い》うと思《おも》っていたよ。だからキミをスカウトするのは、もうやめることにした。キミはデビルホームズにとってじゃまな存在《そんざい》だ。『計画《けいかく》』を成功《せいこう》させるためにも、キミには近々《ちかぢか》科学探偵《かがくたんてい》を引退《いんたい》してもらうよ」

「科学探偵《かがくたんてい》を……引退《いんたい》？」

「再会《さいかい》するのが楽《たの》しみだよ。科学探偵《かがくたんてい》・謎野真実《なぞのしんじつ》くん――」

電話《でんわ》がプツリと切《き》れる。

「真実《しんじつ》くん、大丈夫《だいじょうぶ》⁇」

健太《けんた》たちが心配《しんぱい》そうな表情《ひょうじょう》で声《こえ》をかける。

「ぼくは、科学《かがく》を悪用《あくよう》するデビルホームズを許《ゆる》すことはできない……」

真実《しんじつ》はこぶしを強《つよ》く握《にぎ》りしめる。

「だからこそ、ぼくは何《なに》が起《お》きようと、
絶対《ぜったい》に科学探偵《かがくたんてい》を引退《いんたい》するつもりなどない！」

真実《しんじつ》はまっすぐ前《まえ》を見《み》て、そう宣言《せんげん》するのだった。

See you
in the next mystery!

その後《ご》の科学探偵《かがくたんてい》「長谷部《はせべ》のレギュラー出演《しゅつえん》」

ヒカリさん、いい表情《ひょうじょう》してたな～♡
CHEERLEADING
雑誌《ざっし》の表紙《ひょうし》撮影《さつえい》も今度《こんど》は無事《ぶじ》にできたようだね。
ステキー！
長谷部《はせべ》さんは「今回《こんかい》の役《やく》に命《いのち》をかけてるんだ!!」って言《い》ってたよ。
ピッ
よくやった……。ううっ、オレはおまえが成功《せいこう》するって、ちゃんとわかってたんだ。
ズッズッ
泣《な》けるシーンじゃないけど、感動《かんどう》しちゃうな。
ジ～ン

著者紹介

佐東みどり

脚本家・作家。アニメ「サザエさん」「ハローキティとあそぼう！まなぼう！」などを担当。小説に「恐怖コレクター」シリーズ、「謎新聞ミライタイムズ」シリーズなどがある。

（執筆：プロローグ、3章、エピローグ）

石川北二

監督・脚本家。脚本家として、映画「かずら」（共同脚本）、映画「燐寸少女 マッチショウジョ」などを担当。監督としての代表作に、映画「ラブ★コン」などがある。

（執筆：4章）

木滝りま

脚本家・作家。脚本家として、ドラマ「正直不動産2」、「カナカナ」など。小説に「セカイの千怪奇」シリーズ、『大バトル！きょうりゅうキッズ　きょうふの大王をたおせ！』などがある。

（執筆：2章）

田中智章

監督・脚本家・作家。脚本家として、アニメ「ドラえもん」、映画「シャニダールの花」などを担当。監督としての代表作に、映画「花になる」などがある。「全員ウソつき」シリーズ執筆。

（執筆：1章）

挿画

kotona

イラストレーター。児童書や書籍の挿絵のほか、キャラクターデザインなどで活躍中。

HP：marble-d.com

（マーブルデザインラボ）

科《か》学《がく》探《たん》偵《てい》
謎《なぞ》野《の》真《しん》実《じつ》シリーズ

科《か》学《がく》探《たん》偵《てい》VS.《ブイエス》幽《ゆう》霊《れい》船《せん》の海《かい》賊《ぞく》（仮《かり》）

カリブ海《かい》の島《しま》に、突然現《とつぜんあらわ》れた古《ふる》い海賊船《かいぞくせん》。
伝説《でんせつ》の海賊《かいぞく》「黒《くろ》ひげ」の亡霊《ぼうれい》と、
次々《つぎつぎ》と襲《おそ》う失《うしな》われた財宝《ざいほう》を狙《ねら》う影《かげ》——。
謎野真実《なぞのしんじつ》は、古《ふる》い地図《ちず》の謎《なぞ》を解《と》き、
絶体絶命《ぜったいぜつめい》のピンチを乗《の》り越《こ》えられるのか。
そして、財宝《ざいほう》はいったい誰《だれ》の手《て》に!?

2024年《ねん》
夏《なつ》
発売予定《はつばいよてい》!

おたより、
イラスト、
大募集中《だいぼしゅうちゅう》!

公式《こうしき》サイトも見《み》てね!

朝日新聞出版 検索

監修　金子丈夫（筑波大学附属中学校元副校長）
編集デスク　野村美絵
編集　河西久実、金城珠代
校閲　宅美公美子、野口高峰（朝日新聞総合サービス）

本文図版　渡辺みやこ
コラム図版　笠原ひろひと
写真　iStock
キャラクター原案　木々
カバーデザイン／本文フォーマット　辻中浩一
レイアウト　ウフ

おもな参考文献、ウェブサイト
『新編　新しい理科』3～6（東京書籍）／『週刊かがくる　改訂版』1～50号（朝日新聞出版）／『週刊かがくるプラス　改訂版』1～50号（朝日新聞出版）／『未来へひろがるサイエンス1』（新興出版社啓林館）／「宇宙天気予報」ウェブサイト／姫路科学館ウェブサイト

科学探偵《かがくたんてい》 謎野真実《なぞのしんじつ》シリーズ

科学探偵《かがくたんてい》 vs.《ブイエス》 不死身《ふじみ》の黒魔術師《くろまじゅつし》

2024年 2月28日　第1刷発行

著　者　作：佐東みどり　石川北二　木滝りま　田中智章　　絵：kotona
発行者　片桐圭子
発行所　朝日新聞出版
〒104-8011
東京都中央区築地5-3-2
編集　生活・文化編集部
電話　03-5541-8833（編集）
03-5540-7793（販売）

印刷所・製本所　大日本印刷株式会社
ISBN978-4-02-332320-9
定価はカバーに表示してあります

落丁・乱丁の場合は弊社業務部（03-5540-7800）へ
ご連絡ください。送料弊社負担にてお取り替えいたします。

日常《にちじょう》に刺激《しげき》を与《あた》えるノベルシリーズ

★ナゾノベル

君《きみ》の推理力《すいりりょく》と思考力《しこうりょく》に挑戦《ちょうせん》!

算数《さんすう》・数学《すうがく》で謎《なぞ》を解《と》く
5人《にん》のベストセラー作家《さっか》が描《えが》く
珠玉《しゅぎょく》のミステリー

『数《かず》は無《む》限《げん》の名探偵《めいたんてい》』

著 はやみねかおる、青柳碧人、井上真偽、向井湘吾、加藤元浩

思考実験《しこうじっけん》が現実《げんじつ》になった!?
頭脳《ずのう》フル回転《かいてん》の知能《ちのう》バトル

『悪魔《あくま》の思考《しこう》ゲーム1 入《い》れ替わったお母《かあ》さん』
『悪魔《あくま》の思考《しこう》ゲーム2 恐怖《きょうふ》のハッピーメーカー』

著 大塩哲史　絵 朝日川日和

そのほか好評既刊《こうひょうきかん》

★ちょっと怖《こわ》い不思議《ふしぎ》の世界《せかい》へ

『オカルト研究会《けんきゅうかい》と呪《のろ》われた家《いえ》』　著 緑川聖司　絵 水輿ゆい

『怪《かい》ぬしさま　夜遊《よあそ》び同盟《どうめい》と怪異《かいい》の町《まち》』　著 地図十行路　絵 ニナハチ

★スリル満点《まんてん》の和風《わふう》ファンタジーバトル

『鬼切《おにきり》の子《こ》1　異界《いかい》から来《き》た少年《しょうねん》』
『鬼切《おにきり》の子《こ》2　異界《いかい》に隠《かく》された少女《しょうじょ》』
著 三國月々子　絵 おく

©佐藤おどり